ハバ犬を育てる話

タクブンジャ［著］
海老原志穂・大川謙作・星泉・三浦順子［訳］

ཧ་པ་གསོས་པའི་ཟིན་བྲིས།

སྟག་འབུམ་རྒྱལ།

東京外国語大学出版会
Tokyo University of Foreign Studies Press

ハバ犬を育てる話

ཧྥ་པ་གསོས་པའི་ཟིན་བྲིས།

【目次】

ཧཱ་པ་གསོས་པའི་ཟིན་བྲིས། , 2006

ཁྱི་རྒན།, 1996

སྡིགས་མོ།, 1993

ཉིན་གཅིག་གི་ཚེ་འཕྲུལ།, 1990

སྒོ་ཁྱི།, 1990

ཁྱིས་པ་དང་མི་འཁོར། , 1988

ཁྱི་དང་བདག་པོ། ད་དུང་གཉེན་ཚན་དག , 2002

"ལག་ཆའི"སྐོར་གྱི་ཟིན་ཐོ།, 1995

སྡེ་དཔོན།, 1999

Japanese translated editions is published by Tokyo University of Foreign Studies Press in 2015

ハバ犬を育てる話

ལྷ་པ་གསོས་པའི་ཟིན་བྲིས།

ハバ犬を育てる話

総じてハバという呼称は、地方によってはごく一般的な犬の呼び方であるが、私たちの地方でハバといえば、虎丸、豹丸、狼丸といったあだ名で呼ばれる獰猛な大型犬でなく、毛足がふさふさとして長く、脚の太い、家や庭の中で飼う鼻ぺちゃの小型の愛玩犬をさす。ハバ犬の類は、獰猛な牧羊犬のようにドールや狼と闘うこともできなければ、強盗や泥棒を撃退する度胸もないけれども、家にお客が来ると愛想を振りまき、日中つくねんとしている間の遊び相手になってくれるだけでなく、大物やお偉方が来たら巧みに楽しい雰囲気を盛り上げてくれる、本当にかわいい生き物である。一時、私はそんな小さな愛玩犬を飼っていたことがある。

そのハバは、もともと我が家と同じ建物の向かいの家に住んでいた。朝に午後に仕事へ出かけるたび、昼休みと夕方仕事がひけて家に戻ってくるたび、外扉の間から、ハバがちょっと顔をのぞかせる。ハバの華奢な小さな体、もつれきった毛、びくびくした顔を見ているととても哀れをさそわれた。そんな時、ハバもひどくへりくだった態度を示し、何もないのにあっちに行っては跳ね、こっちに行っては跳ねて遊んでみせ、ぐるっと回って戻ってきて、頭を振り、尻尾をぱたぱた振りながら私の表情をうかがっているだけで、いっこうに私のそばにやってこなかった。こんな時、私のほうもボスまがいの尊大な気分になって、ハバに対して知らんぷりを決め込んだ。

雨降る夏の日の午後、私は地方に視察に出かけた。その帰り道、車がぬかるみにはまったため、全員降りて車を押し出さなくてはならず、みな靴も服も泥まみれになった。帰宅すると、妻は私の姿に吹き出しつつ、急いでつっかけを持ってきてくれたので、私は玄関先に革靴を脱ぎ棄てて中に入った。翌朝、仕事に出る時刻になって、靴を磨いていなかったことを思い出し、慌てて玄関先に向かった。すると驚いたことに、泥まみれの私の靴は見当たらず、代わりに燦然と黒く輝く新品の革靴が鎮座しているではないか。あたりをよく探してみても自分の靴は見つからなかったので、おそらく誰かに盗まれたのだろうと思った。だがよく考えてみればそんなことがあるはずもなく、首をひねりつつ振り返って靴をしげしげ眺めてみると、なんと自分の靴だったのである。磨きぬかれて新品同様になっていたので、持ち主である私ですら自分の靴と認識できないほどだった。昨晩私が疲れきっていたため、きっと妻が磨いてくれたのだろうと思い、そのまま靴をはいて職場へと向かい、とくにそのことについて気に留めることはなかった。何日かたったある日、また雨が降って靴底に泥がついたので、前と同じように玄関先に脱ぎ棄て、つっかけにはきかえて家に入った。不思議なことに、その翌朝もまた靴が黒光りするまで磨き上げられていた。

よく見ると、その靴磨きの技は本当にたいしたものであるように思えた。何しろ靴の小さな縫い目にいたるまで完璧に砂や汚れが除かれているのだ。妻にはここまで手間をかける暇はないはずだと思い、家に戻って妻の革靴をちょっと見てみると、磨かれてはいるものの、いつも通り靴墨を塗りつけてあるだけで、私の靴のように清潔に、ぴかぴかになるまで磨き上げられてはいない。不思議に思って、妻に「ぼくの靴を磨いてくれたのは君かい？」と尋ねたが、違うとのことだった。「それじゃ、誰が磨いてくれたんだ？」と訊くと、先ほど同様、知らないという返事である。妻の様子を見てもふざけている感じでは全くなかったので、さらにわけが分からずに困惑してしまった。じゃあ、いったい誰のしわざなんだ。子供は二人ともまだ小さいので、こんなに丁寧な仕事はやらないし、やってできるはずもない。謎は深まるばかりであった。こんな微笑ましい摩訶不思議な魔法を見せてくれたのはいったい誰なんだろう、機会をとらえて是非この謎を解いてやろうと私は決意した。だが、それから長いこと雨が降らなかったので、意気込みも徐々に薄れ、自分でもそのことを忘れかけていた。

　ひと月たったある日の午後、急に雪がぱらついてきた。そこで私はわざと革靴を泥だらけにして汚した後、前と同じように玄関先に置き、魔法使いのお出ましを待った。しかし、暗くなるまで何ごとも起きなかった。夕食をすませてしばらくすると、妻と子供は眠くなったと言って寝床に行ってしまった。私は一人でソファに座り、煙草をふかしながらテレビを見つつ、外の様子に聞き耳を立てていた。すると外で物音がした。私はゆっくり立ち上がり、抜き足差し足、玄関に向かった。玄関先からはかすかにネズミが土を掘っているようなサッサッサッという音が聞こえてくる。急いで扉を開け、玄関先の電気をつけると、すべてがあきらかになった。正体は向かいの飼い犬のハバだった。ハバはブラシと靴墨を持ってきて、懐中電灯で照らしながら私の靴を磨いていたのだ。突然灯りがついたのでハバは茫然としていたが、やおら立ち上がり、ひどく恭しい様子で顔をくしゃくしゃにし、尻尾を振りながら「局長さん、まだお休みではなかったんで？」と訊いてきた。

　それには答えず、「お前、ここでいったい何をやってるんだ？」と尋ねながら、ハバの手の中にある革靴に視線をやると、ハバは「外をぶらぶら散歩してたんですが、特にこれといってすることもなかったもんで……」ときまり悪そうに再びちょっと笑みを浮かべて、「局長さんは朝早くから夜遅くまで忙しくて休む暇もないといつも皆に言ってるじゃないですか。さっきここに散歩に来たんですが、特にやることもなかったもんで……」と、言いながらうなだれて、手の中のまだ磨き終わっていない革靴に目をおとした。

なんとものの分かったハバだろう。この時、私の目にはこの小さなハバがいじらしくも可愛らしく、純粋でまっ正直にして私と心通じ合える親しい存在であるかのように思えてならなかった。

私はしばらくなんと言ったらよいのやら分からず、笑みを浮かべて「ぼくも一人だから、中にお入り。二人で話をしようや」と言うと、ハバはちょっと気まずい表情を見せて「ええ」と言った。私はハバを家の中に通し、晩御飯の残り物の骨を目の前に置いたが、「お腹がいっぱいで食べられません」との返事。そこで飲み水を注いでやって、私たち二人は思うがまま語り合ったのである。

私はハバに「人にこんな世話を焼いたら、人の噂にされるのが怖くないのかい？」と訊いた。するとハバは「人にお仕えすることこそ犬の天職ですし、こそこそと裏で事実と違うことを言って陰口を叩くのは、自分の無能さを露呈するようなもんですよ」と答えるではないか。

さらに私はハバに、「実際のところ、人と犬の間の関係とはどんなものなのかい？」と尋ね、なんと答えるのか耳を澄ませた。

「それは簡単なことですよ」ハバは言った。そして「一般的に犬の性質の半分は人でできており、もし犬の性質の中の人成分がなくなってしまったら、犬は狼になってしまうのではないでしょうか？　人の性質と犬の性質にはたしかに遠いものがありますが、つらつら考えてみると、人の性質も半分は犬なのではないかという気がするのです。皆から良い犬だと言われる犬は人の成分が多め、皆から悪い人と呼ばれる人には犬の成分が多めに混じっているんですよ」と続け、さらに声を低くして、「ですけど、私の体には人の成分がちょっと多めなもんで」と言うのであった。

ハバの言葉に私は思わず吹き出しそうになったが、よく考えてみると、もっともらしい説にも思えてきた。もうちょっとこいつのことを知りたいと思って、ハバを見つめながら、「じゃあ、お前、ぼくに仕えてみるか」と訊いてみると、ハバはとても喜び、またもや顔をくしゃくしゃにし、尻尾をふりふりしてみせて、「あなたにお仕えできるとは光栄の至りです」と言うのであった。

その翌日から、ハバは朝早くからやってきて私に付き従うようになった。朝ベッドから起きて台所に行く時も、外へ歯を磨きに行く時も、トイレに用を足しに行く時も、家で朝ごはんを食べる時も、一瞬たりとも私のそばを離れない。それに、ハバは私の機嫌をうかがうことが上手だった。黒目がちな澄んだ両の瞳でいつも私の表情をよく観察していて、私の機嫌がいい時はすり寄ってきて戯れ、時には膝によじのぼって黒く濡れた鼻で私の口や鼻をくんくん嗅いでひどく甘えてみせた。私がふさぎ込んでいると、そばに寄ってきて、声も出さず身じろぎもせずにただ一緒にいて私の悲しみを分かち合ってくれ、腹をたてている時にはあえてそばに寄らず、ちょっと離れたところに待機していて何か命令されたらすぐに応じられるよう待ち受けている。そんな感じなので、私も徐々にハバを好ましく思うようになり、家族同然に扱うようになっていった。そうはいっても、仕事で職場に行く時はどうしてもハバを家に残していくので、一人きりでとてもさみしそうな様子をみせていたことは言うまでもない。そんなわけで、私が仕事を終えて帰宅してみると、ハバはきまって玄関で私を待ちわびているのであった。

私が帰ってくるのを見るや、ハバは足もとに駆け寄ってきて尻尾を振って私の回りをくるくる回りながら、嬉しそうな表情で迎えてくれる。時にはさみしさのあまり目に大粒の涙を浮かべていることもあった。どうも心なしか痩せてきているようにも見えた。ある日、私が仕事に出かけようとすると、ハバがもう我慢できないと言って泣きながら、自分も職場に行かせてくれと懇願してきた。これには私も参った。初めての頼みだから望みを叶えてやりたかったが、仕事には順序というものがある。結局、ハバに申請書を書かせてわざわざ県長のところへ行くはめになった。

県長は料簡が狭くて怒りっぽいうえ、人前では体面ばかり気にしているような人物だ。彼の気に障るようなことをしたり、面子をつぶすようなことをすると、彼の心にしこりとなって残り、一生根に持たれることになる。のみならず、機会をとらえて石もて打つ仕返しをしてくる。そのやり口ときたらまさに熟練の域に達していた。私が県長のもとに行った日も、ちょうど自分の家の大きな番犬にお仕置きをしている真っ最中だった。それというのも、先日、州長が訪ねてきた際、県長が贈り物を渡そうとした時に吠えたてて、州長を震え上がらせたからだという。県長は長い棒を振り上げて番犬を叩きのめそうと追いかけ回していた。番犬は悲鳴をあげながら、鎖につながれたまま身を低くして逃げ回っていた。

こんな乱暴なふるまいにはとても耐えられないので、県長をなだめたのだが、彼は「こいつに同情したところで、何の得にもならないぞ」と言い返してくる。まあ考えてみれば、そんなことは間違ってますなどと言える立場でもないので、黙ってそこに立ち尽くしているしかなかった。

見たところ、番犬はひどく痛めつけられたようで、ぶるぶると震えながら隅っこのほうへ行って泣き声をあげている。県長の怒りはなおもおさまらず、「この畜生め、このうえまだ何を泣くことがあるんだ！」と言って棒を投げ捨て、ぷりぷりしながら部屋に入っていった。私はしばし茫然としてしまった。こいつは本当に酷いやつだ。弱い立場に置かれた時にはへいこらして、糞ころがしよろしくせっせと働いてみせるが、ひとたび人ににらみをきかせる側にまわった時には、情け容赦ないんだと思った。

私は県長について部屋に入った。ポケットから高級な煙草を取り出して、怒りを鎮めようと差し出したが、彼はそれを受け取ろうとせず、もっと高級な煙草を取り出してきて、その一本に火を点けて威勢よく何度かふかした。そして「あんな犬は飼っておれん。ああした犬は面倒を引き起こすだけで、何の役にも立たんな」と私に、今後はこのことをよく肝に命じておくようにという教訓だか警告だかを下すのであった。

私だってハバの件で来ているのだから、こんな言葉に賛同するわけにはいかない。笑いながら「所詮、犬は犬、そんなことに腹を立ててどうします？　肝心なのは県長がお体を大切にされることですよ」と気遣いの言葉をかけた。

途端に県長も笑顔をみせ、ため息をついて「そうだなあ。最近、体の調子もそんなによくないから、何日かしたら西寧に行って一か月くらい療養するか。後の仕事もだいたい手筈をつけておいたし」と言ったところで、自分の傍らにいるのが私だとやっと気づいたように、「おい、君は何の用で来たのかね？　何か用事があるんじゃないのか？」と言って私を見つめた。

　私は慌ててポケットから申請書を取り出して彼に手渡しながら、「つまらぬ話なんですが、ほかでもない、現在、大小の規模を問わず、県下の職場にはどこでも犬が配置されております。犬がいると仕事をするにもなかなか便利でしてね。ただ牧羊犬だと、しつけるのがけっこう難しいのです。というのも牧羊犬は獰猛で強靭なやつばかりなので、無闇に人を襲ったり、職場の一致団結の雰囲気を壊す恐れがあります。それより小型のハバのほうがふさわしいと思い、この件を県長にお願いしに来たのです」と言うと、県長はとても喜んで、ハバの大きさや毛の長さ、脚の太さなどを細かく尋ねた後、嬉しそうに「それなら申し分ない。実際のところわれわれに必要なのはそういうハバなんだよ」と言って申請書に同意する趣旨の文を即座に書き、サインをしてくれた。

　ハバが初めて職場にやってきた日にハバの飼い主が不意に乗り込んできた。ハバの飼い主は今年引退した老人で、どこぞの職場のお偉いさんだったとかいう話だった。じいさんが乗り込んできた理由は私ではなくハバだった。老人は手に細い鞭を持って、ハバを追いかけながら脅し、「この畜生め……恥も外聞もないのか？　この恩知らずの畜生めが……。こうなったらわしのこともお払い箱にするつもりか？　これまで世話をしてやった恩も忘れたのか？　まさか戻らないつもりか？　わしにこんなに恥をかかせやがって、いったいどういうつもりだ」

老人の脅し文句はみな問いかけの形をとっていたので、なんのことかさっぱり分からなかった。職場の同僚もみな遠まきに集まって互いに顔を見合わせながら、何が起きたのかまったく分からずにいた。しかしハバは何か後ろめたいことでもあるかのように、そばにいた人々の陰に隠れて逃げ回ったあげく、最後に私の陰に隠れた。老人はさらに「返事をしろ。帰ってくるつもりはないのか？」と迫った。

ハバは私の両足の間から頭を突き出して、「家に戻ってどうしろっていうんです。いやです」と言い放った。

老人は必死になって語気も荒く、「これまでうまい肉ばかり食わせて養ってやっただろ。そんなまねするんじゃない。家に帰ってこい」と言った。

ハバは首を振って、「帰るもんですか。私にだって自分の将来を追求する権利がある。あんたがこれ以上邪魔するんなら裁判所に訴えてやる」と言った。

こうまで言われては、老人も口をつぐむしかなった。ついに老人はお手上げになって戻っていったが、帰りしなに、こんな捨て台詞を吐いていった。「ちっ、戻ってこなくてもかまわんさ。お前のような恩知らずのハバの貰い手なぞいるもんか」

こうしてハバは元の飼い主と袂(たもと)をわかち、ついに私がハバの真の主人となったのだった。ハバがあのように飼い主のもとを離れることになったのも、私に信頼を寄せてくれていたからであり、これぞハバのすべてが私のものになった証なのだ。嬉しくないわけがない。

だがこの事件のせいで、職場の同僚たちはみな、ハバを色眼鏡で見るようになり、そろそろと自分の持ち場に戻り、ひそひそと陰口を叩いていた。後に残されたのは私と秘書とハバだけだった。秘書は漢人の若い女性で、去年大学を卒業してここに配属されてきていた。彼女は気のきく賢い子で、その場の気まずい雰囲気を変えようとすぐにハバのところにやってきて、「ようこそ」と言いながら手を差し出した。ハバは彼女の顔に見惚れて手を差し出すのも忘れていた。私がすぐに「彼女はうちの秘書だよ。今後君たちは一緒に仕事をすることになる」と言って紹介すると、ハバは突然目を覚ましたかのように、ぺこぺこしながら「ありがとうございます。ありがとうございます。これからお世話になります」と言いながら手を差しのべて、鼻をこすりつけた。こうして秘書は、ハバが職場に来て最初にできた友人となった。

職場に出勤するようになってから、ハバの毛並みはつやつやに、体もまるまるとしてきた。私自身の生活も仕事も前には考えられないほど便利になった。革靴を磨き、服を脱ぐ手伝いをし、ストーブの火をかきたて、高級なジャスミン茶をいれ、書類を整理し、家を掃除し、家の扉を閉め、トイレの扉を開けるなど、雑事はすべてハバが引き受けてくれた。その仕事ぶりも、以前私の革靴を磨いてくれた時と同様、手際よく満足のいくものであった。私が会議で都市部に出かける時も、監査で地方に行く時も、いつでもお供についてくるので、部下たちはみなひどく不愉快そうな顔をみせて、「局長の尻尾」と揶揄した。そのせいでしばしば私自身に尻尾が生えてきたような気が、ハバが自分の尻尾であるような気がしてきた。「仏様でも衆生の口に戸は立てられぬ」ということわざもあるように、こんな噂がひろがったら、私のイメージに傷がつくに決まっていると思って、一度私が局長室に一人でいた時、ハバがお茶を注ぎに来た機会をとらえて座らせ、まっこうから「最近、まわりの同僚たちが、お前のことをなんと噂しているか知っているかい」と訊いてみた。ハバはしばし茫然として「知りません。なんと言っているんです?」と黒目がちな目で私の顔をじっと見つめ、何か恐ろしいことが急に自分にふりかかってくるのではないかと怯えている様子だった。

私はハバの表情をうかがいながら、じっと見つめ「みんながお前のことをぼくの尻尾だと言っているんだよ」と言い、彼がどう答えるのか待ち受けた。

ハバは一瞬あっけにとられていたが、そのうちハハハと笑い始めたので私は面くらってしまった。ちょっとたって笑いやむと「何の話かと思いましたよ。そのことですか」と言った。私はもっと驚いてしまい、「お前の耳にも入っていたんだね」と尋ねた。ハバは涼しい顔で「それは彼らがハバじゃないからですよ。ハバにはハバの責任というものがあり、それに従って職務を果たすものです。もし彼らが私と同じようなふるまいをしたら、彼らもハバになってしまいませんか。それから言っときますけど、彼らが陰口を叩くのは、無能な証拠ですよ。前にもそのことは言ったでしょう?」と言った。

こんなことを言われては返す言葉もない。実際、ハバの言うことにも一理ある。ハバはハバだからこそ自分も獰猛な牧羊犬の類を飼わずにあえてハバを選んだのではないか。ハバにはハバらしい性格とふるまいがあるだけでなく、独特の考え方がある。もしハバが同僚の行動をまねしたならそれは彼が犬でない証となってしまう。よく考えると先程あんなことを口にしたのは馬鹿だったなと思い、少々きまり悪くなり、咄嗟に口調を変えて、「お前の言っていることはもっともだ。そんな噂を耳にしたらお前の仕事に差し障るんじゃないかと心配になってね。これからはこの手の話を聞いても気にしなくていいからな」と同情しているような口ぶりで言った。

ハバがたちどころに顔をくしゃくしゃにして、とても嬉しそうな様子で「人様の意見を気にしていたら親父の屍を埋める場所すら決まらないって言いますもんね」と答えたものだから、二人してつい笑ってしまった。

それからは、私は部下たちがハバの悪口を言っていても無視するようにした。ハバも彼らの嫉妬まじりの視線や陰口をまったく気にすることなく、これまで以上に、できるかぎり私につき従っていた。さらには私の服の汚れを舌で舐めてきれいにしたり、同僚の目の前で私の肩によじのぼって彼らを見下ろしてみたりして、自分の存在を誇示してみせた。そのため、同僚たちは前にもましていらだち、めらめらと嫉妬の炎を燃やしたが、なすべもなかった。私も折々の帰省休暇の際、ハバを連れて行くわけにもいかず、そんな時にハバを相手にしてくれるのは例の秘書ただ一人だった。まったく、私の不在の折のハバときたら、ありあまる暇と自由をもてあまし、いつも秘書のところに行っては、できる犬っぷりをアピールしていた。秘書も明るい性格だったためハバの言う冗談を楽しんでいたし、ハバのことをさまざまな場面で大いに助けてやっていた。しかし他の人に言わせれば、そうしたこともまた、ハバが私の「尻尾」になったおかげということになる。とにかく、私の腰ぎんちゃくになってからというもの、ハバは他人に大言壮語を吐くようになり、それにともなって思い上がりも強くなっていった。ともするとハバは、自分と秘書は同じくらいの地位にあるとさえ思いかねなかった。

ある晩、私が家で酒を飲んでいると、ハバがやってきた。私はハバを抱き上げて頭をなでながら話しかけた。ハバは私が酔っ払っているのをいいことに、徐々に自分の立場を忘れて、職員一人一人の落ち度を私に告げ口し始めた。ハバはここだけの話と目配せをしながら、私の不在中にどの女性職員がセーターを編んでいただの、どの男性職員が職場で酒を飲んだだの、どの職員が何日も姿を現さなかっただの、さらには誰それが陰で私についてくさしまくっているとか、誰それがこっそり上層部に申し立てをしているだの、私の知ること知らないことを次々と語り聞かせた。最後に秘書の話になるや「彼女はいい娘です」と言ってじっと物思いにふけっていたが、きまり悪そうに、小声で「私は彼女と結婚したいんです。結婚の仲立ちをしてもらえませんか」と言った。

「結婚だって?」私は聞き間違えたのかと思い、「誰と結婚するって?」と訊き直しつつ、つい笑ってしまった。ハバが冗談を言っているのかと思ったのだ。

ハバは顔を赤らめながら、必死に訴えるようなまなざしで私を見て「本気で言ってるんです。私は彼女のことが好きですし、私たちは気も合うんです。ですから彼女をお嫁さんにもらえるように手を貸してください」と言って、私のことを食い入るような目で見つめ、私が口を開くのを待ちかまえていた。

ハバの望みに私は開いた口もふさがらなかった。しばし考え込んでみたが、こんなとんでもないことはわざわざ考えるにもおよぶまい。そこで私はハバに「馬鹿なことを言い出すんじゃないよ。そんなこと、できるわけないじゃないか。彼女は人間だし、お前は犬だ。

人間と犬の結婚などこの世にありえるわけない。そのうえ、秘書とじゃ身分違いもいいところなんだから、そのことを少し考えてみろよ」と身の程をわきまえるよう諭した。

ハバは頭をぐいと上げ、尻尾を立てながら、「馬鹿なことなんて言ってませんよ。だいたい、この世にありえないことなんてないんですから。ありゃしませんよ。そもそも犬は人類のもっとも信頼できるパートナーというじゃありませんか。私たちは職場も同じというだけでなく、私の唯一の仲良しなんだから、身分の違いがなんだというんです。彼女は秘書だって言いましたよね。なら、私にちょっとばかり権限をくださったら、つり合いがとれるんじゃないですか？」と頼み込んできた。

私はきっぱりと、「いずれにせよ、ぼくは結婚の仲立ちをするつもりはない。せいぜい自分でがんばってみるんだね」と言った。

ハバは私に反対されるとは思ってもみなかったようだ。しばらく茫然として、信じられないといった様子で私の顔をじっと見つめていたが、徐々にこうべを垂れた。そして思案の末、不意に床に飛び降りて、私の前でひざまずき「それなら、とるに足らないものでいいですから、何か役職をください。そうすれば、直接彼女にアタックしてみますから」と切々と訴えてきた。顔にも必死の形相があらわれていた。

そこで私も考え直してみた。ハバが口にした望みを無下にしりぞけるわけにはいくまい。

自分の出張中に留守を引き受けてくれるものが必要なのは間違いないし、職場の内情に通じていることにかけてはハバ以上にふさわしいものはいない。そこで私は再びハバを膝に抱き上げて「ならこうしよう。お前を局長室付きの主任にする。ぼくのいない時にはお前が仕事を監督してくれ。それでいいかい?」と尋ねた。

ハバはとても喜んで、「そうしてくだされば、彼女を勝ち取れるに決まってます!」と言いながら私の首に抱きつき、さらには地面へ飛び降りて有頂天になって跳ね回るので、私もつい笑ってしまった。

「憶えておき」締めくくりに私はいたって真剣な口調で諭した。「職場の同僚全員とよく協力しなければいけないよ。どんな仕事をするにも自分の立場を忘れてはいけない」

職場の他の職員たちはハバが局長室付きの主任に任命されたことが気に入らず、陰では不満の声が飛び交った。しかし、今回彼らが不満を抱いた相手はハバではなく、私に対してであった。そう思われるのもいたしかたないところなので、私は以前にまして、この新しい主任に厳しい要求をつきつけ、仕事にまつわる指導を行い、正しくふるまえるよう教育を施して、職員たちの態度については見て見ぬふりをした。そのためハバも前のように私の顔色ばかりうかがうことはやめて、常に同僚たちの輪に入り、みなと話をし、仕事が終わればみなの後についていって、仲良くなれるよう励むようになった。と同時に秘書の前では自分の有能ぶりをできるだけ誇示していた。さらには私と顔をあわせると以前の恭しい態度とは打って変わり、ことあるごとに議論をふっかけてみせるだけでなく、今後の職場の業務に関する「新規計画」も提示してきた。後に聞いたところによると、それらの「計画」なるものは同僚たちの要望であって、それをハバが必ず実現することを確約までしていたのであった。彼の「計画」にまつわるご高説に耳を傾けていると、職場のあり方がすぐにでも変えられるかのような気がしてくるのであった。このようなふるまいにも理解できるところがあって、仕事を始めたばかりの新人や経験の浅い新米の管理職などは、自分勝手な思い込みを現実の仕事や生活の中に持ち込んでしまうことがままある。だからハバがこんな風にふるまうのも責められることではなかろうと思い、しばらくは見守ることにしていた。しかし、「悪い犬は高みに置くと襲ってこようとする」ということわざはまさに真理であったようである。

ある朝、私が早くから局長室に行って、机の上の書類を整理していると、突如、ドアがバタンと開いて、秘書が風雨に吹き飛ばされてきたかのように転がり込んできた。部屋に入るとすぐに手で顔を覆って泣くので、私は何が何だか分からず、彼女を椅子に座らせ、「いったいどうしたんだい?」と優しく尋ねた。

彼女はひとしきり涙を流してから、懐からハンカチを取り出しつつ「ハバが、お酒を飲んで私にひどいことをしたんです」と胸を締め付けられるような声で泣いた。

　私はてっきりハバに噛まれたのかと思って心配になり、彼女の全身に目をやった。「噛まれたのか？　どこを噛まれたんだい？」尋ねながらも、ハバへの怒りが込み上げてきた。

「怪我はしてないんですけど」彼女はそう言うと少し泣くのをやめて、うつむいたまま
「舐められたんです。彼が私を食べてしまいたいと言ったので、ほんと、怖くなってしまって」と言った。

　私はしばらく何と言っていいか分からず、泣き笑いが入り交じったような声で「たぶん、やつは君をからかうつもりだったんだろう。ハバごときに君を消化できる胃があるわけもないし。やつは今どこにいるんだい？」と訊いた。

　秘書は涙声で「まだ私の部屋で寝ています。こんなふざけた話、聞いたこともありません。彼、私をハバに変えるつもりなんです。そんなの絶対にいや。もう裁判所にでも訴えてやるつもりです」と言ってまた泣いた。

　私は焦って彼女に「そんなに慌てることはないだろう。みんな同じ職場なんだから、職場の名誉も考えないと。君だってどんなひどいことを言われるか分からないよ」と諭した。

　秘書も人間なので私の話に道理があることが分からないはずがない。彼女は泣きやみ、これまでの出来事を思い出しているかのように「私、彼があんなやつだなんて知りません

でした。最初は私の靴を舐めて磨いてくれるので、真面目なハバだと思い込んでました。それに自分は詩人だとも言ってたし。でもあんな恥知らずな……」と言った。

私は思わず彼女の靴をしげしげ見つめてしまった。実のところ私はこれまで秘書の靴に興味を抱いたことなどなかったし、その必要に駆られたこともなかった。今こうして眺めてみると、ハバは秘書の靴を単に拭いていただけでなく、以前の私の靴のように塵ひとつなくぴかぴかに磨き上げていた。腹の底から笑いが込み上げてきたが、それをなんとか押し殺し、真面目くさった顔で「君は仕事に行ってくれ。ハバには私から話しておくから」と言った。

昼の休憩に入ると、私はハバを居残りにして説教しようとしたが、ハバはいまだ酒が抜けきらない様子で、昨日は飲みすぎて、何も憶えていません、まだ頭が痛いんですと言うではないか。整えられていた長い毛は乱れ、鼻づらの両側の毛には黒い目やにがこびりついていて、初めてハバに出会った時そっくりだったため、私はいたく失望して「お前、いったい何をやらかしたんだ。今日の朝、秘書がぼくのもとに来て、お前のことを責めていったぞ。それだけじゃない、裁判所にも訴えると言い出したから、なだめすかして引きとめたよ。お前のやった行為は問題だし、看過できないぞ。せっかく主任になれたんだから、自分の身の程をわきまえろよ。自分の将来のことを考えたらどうだ？」と私が批判めいた口調で説教しても、ハバは薄ら笑いを浮かべるばかりで、どこ吹く風だった。

ハバの態度にむっとなった私はもったいぶって、「どうやらお前は自分の過ちをまだ理解できてないようだな。よく考えて、自分の過ちを反省する文を書いてこい。それから秘書のところに行って悔い改めましたと言って謝罪するんだ。さあ、行け」と命じた。

ハバは立ち去ろうともせず、昔なじみの親友と議論をしているかのようになれなれしい態度で、「頭が固いんですね。こんなの恋の駆け引きに決まってるじゃないですか。今時はみんなこんなものですし、若い人たちはそういうのを好むんです。それに……」とこちらに向き直って、私の手を握ろうとした。

聞くに堪えず、私はハバの言葉をさえぎって叱り飛ばした。「お前は局長のつもりか？さっき言った通りだ。午後の会議で反省文を読み上げろ」こう一方的に言い放つと、ハバはふくれっ面で出ていった。

ハバが出ていった後で私はとても嫌な気分になった。

昼食に家に戻った時も、ずっとハバの一件について考えていた。そのうち午後の会議で反省文を読ませるというのはやりすぎのように思えたが、ハバの傲慢な鼻をへし折るためには仕方がない。そこで私は秘書に電話をし、午後にハバが謝罪したら、君も許してやってくれと言うと、秘書は「局長は心配しないでください。大丈夫です」と言った。

午後、仕事が始まると、職員がぞろぞろ会議室へと集まってきた。秘書も早くから到着している。しかし、ハバはまだ来ていなかったので、みな少し待たされることになった。しばらくするとハバもやってきた。手には反省文を持ち、しおらしい様子で会議室の片隅に席をとった。会議が始まった。まずは秘書が新しい通達文を読み上げ、続いて私が最近の職場の問題について語り、また今後の仕事についての指示を出し、その後ハバが反省文を読み上げることになった。

ハバはみなの前で立ち上がり、まずはお辞儀をしてから、反省文を開いて咳払いをし、堂々と次のように読み上げた。

「天より広い慈愛の心をもつ局長殿
海より深い友愛の心をもつ同志の皆様
そして私の愛の花を育んでくれた秘書の貴女
私は大空を漂う一片の白雲
果てなき大海の底にひそむ希望という名の宝を抱いて
あてどなく諸国をさまようしがない夢追い人
風の吹くまま、川の流れるまま

いつかは必ず手に入れられると信じながら
たどり着いた今日のこの日に
ついに見出すことができたのです
心に永らく育んできた麗しの花をついに見出したのです
希望を求め長く苦しい旅路の果てに
ようやく愛する人を見出したのです
ああ
どうか、どなたさまも口出しなされませんように
どなたさまも邪魔立てされませんように
これぞ自由と飛躍への扉を開く時代の要請
これぞ無知と恐怖のこうべを断ちきる時代の斧」

ハバは抑揚たっぷり、声も高らかに反省文を読み上げてみせた。ところが聞いているうちに反省の言葉はどこへやら、いつのまにか愛の告白詩の朗誦となり、その愛の告白詩もいつのまにやら私への批判めいたものと化しているではないか。知らず知らずのうちに自分の顔が火照ってくるのが分かった。ハバに反省文など読ませるんじゃなかったと私は心

底悔いた。と同時にハバの掟やぶりの行動に怒りが込み上げてきた。ハバは毛を逆立て、顔をくしゃくしゃにして、目に笑みを浮かべ、そのまま「反省文」なるものを読み上げながら、ゆっくりと秘書のもとに近づいていった。

「……ああ、私の命の拠り所にして愛の源よ
私の心から決して消えることのない自由の女神よ
私に命の力をください
私に生きるための光をください
私に愛の炎をともしてください」

そう言いながら、右の膝頭を床につけ、出し抜けにどこから取り出したのやら秘書に一輪の花を捧げた。これが満場の喝采をもって迎えられると、秘書はとまどいながらも立ち上がり、目に涙を浮かべながらハバの手からその花を受け取ったのである。会議室は再び割れんばかりの拍手喝采に包まれ、いつまでも鳴りやむことはなかった。

会議が終わってみると自分がひどい失策をおかした気がしてならなかった。これまで、人というものが言葉に翻弄されながら小心に生きている生き物であることなど一度も気に

かけたことはなく、また言葉の力によって意識の奥底のすみずみまで支配されていることなど信じたこともなかった。だが今回の一件はまさに青天の霹靂、ハバと秘書の件をもってして、初めてハバという種をなめてはいけないことを悟ったのである。私が職場で一人考え込んでいると、ハバが扉を開けて入ってきた。顔には勝ち誇った表情が浮かんでいたが、私を目にするや、とてもへりくだった様子になって顔をくしゃくしゃにさせた。次は何をたくらんでいるんだろうと思ってハバが話を切り出すのを待った。

ハバは私の傍らにやってくるや、ひどくきまり悪そうな様子を見せ、「先ほどは、掟やぶりのことをしでかしてしまって、局長さん、どうか許してください」

「謝る必要なんかないさ」私はハバをそっと小さな椅子の上に座らせて、「実のところ、これまでのぼくの意見が間違っていたんだ。つい時代遅れの考え方をしてしまってね。水に流してくれよ」と自己批判の言葉を口にした。

ハバはこの言葉を聞いていたく喜び、さらに勝利の色もあらわに、「そんなことはおっしゃらなくてけっこうです。そんな言い方はなさらないでください」と言ってふふっと笑った。そしてその話題を打ち切ると、こちらに顔を寄せてひそひそ声で、「今日の午後、県長さんが西寧の病院を退院して戻られるそうですが、局長さん、お見舞いに行かれるつもりですか？」と訊いてきた。

県長が今日戻ることは私も聞いていたし、見舞いに行くつもりだったが、ハバがそんなことを訊いてくる意図が分からなかったので、「本当かい？　それなら是非お見舞いに行かないといけないな」となんの準備もしていないふりをした。

ハバは足を一歩前に踏み出して自信たっぷりに「そうなんです。もし局長さんがいらっしゃるならご一緒させてください。県長さんに紹介してもらいたいんです」と黒目がちな目をくりくりとさせて前のようにおねだりして見せた。

なるほどこいつの魂胆はこれか。思わず吹き出しそうになり、この疫病神め、なんて図々しいんだと思ったが、考え直してみると、今日のおねだりは前と比べればいともたやすいことなので、「もちろんいいとも。都合をみて一緒に県長のところにあいさつに行こう」と屈託なく言ってみせると、ハバは嬉しそうに出ていった。

ハバが出ていってからしばらくすると、秘書が私のところにやってきた。彼女は私のところに来るとすぐに、今朝よりもさらに切々たる様子で泣き出した。私はどうしたんだろうと思って「なんで泣くんだい？　泣かないでおくれよ。今度はいったいどうしたんだ？」と優しく問いかけた。

秘書は泣きながら「あ、あのハバは、たくさんの人の前で私をあんな風に侮辱したんですよ。局長の言うことを聞いて我慢してたんですけど……そうでなければあの場で彼にビンタでも喰らわしていたところです。……私、本当に腹に据えかねます……」傷ついたまなざしで私の顔をじっと見つめてきた。

私は驚いて、「じゃあ……じゃあ……君も嫌だったんだ。こりゃまた……」と私は頭がこんがらかって、しばし言葉も失ってしまった。

「私は、嫌だったんです」彼女は声をさらに荒げ、きっぱりと言い放った。普段は優しく穏やかな彼女がここまで立腹するとは、想像だにしていなかった。彼女は言葉を続けて「あいつのふるまいには吐き気がします。人と犬が一緒になれるわけないじゃないですか」と言った。

私はためらいながらも、「でも、あの時、君だって涙をこぼしていたじゃないか」と尋ねずにはいられなかった。

「じゃあ、笑えばよかったっていうんですか」彼女はやるせない表情を浮かべた。涙をぬぐってから、再び声を低めて「あの時、私もどうしたらいいのか分からなくて。外に逃げ出そうと思ったけど、局長の顔をつぶすことになるし、みんなもしらけてしまうかもしれない。泣くしかなかったんです。誰が一緒になるもんですか」と言った。

秘書の言い分はもっともなのでしばらく私も口をつぐんでいるしかなかった。ふと思いついて「もしかして君が嫌がっていることをみんなは知っていたのかい？」と訊いてみたところ、彼女はきっぱりと「知らない人なんていてるもんですか。でも職場のみんなはあいつのことを応援していたんです」と言った。

何を言っているのかよく分からず「みんながハバのことを応援しているってどういうことだい」と私は尋ねた。

秘書はきっぱりと「局長、怒らないでくださいね。あいつは正真正銘のペテン師です。同僚を騙してみんな自分の味方につけたんです。それだけではなく、陰で局長の悪口を言いふらしていました。私はこの耳で聞いたんです。本当にがっかりですよ。初めのうちあいつのことをかわいがっていたのは私たち二人だったというのに、今じゃあべこべに私たち二人の悪口を言いまくってるんですよ。なんて恥知らずなやつなんでしょう」と言い放った。

秘書の話を聞いて私は本当にがっくりきた。といっても、彼女に失望したわけでも、ハバに落胆したわけでもなく、自分自身に心底あきれ果てたのであった。初めてハバを飼ったことを後悔した。そもそも自分にはハバなど必要なのだろうか。ああいった類のハバは家庭不和の原因になるばかりだ。節操もなく善悪の区別もできないし、飼い主に一心に仕えることもせず裏表を巧妙に使い分ける。そのうえ誰にでも尻尾を振ってごまをすり、元の飼い主を捨てて新たな飼い主に走って庇護を受ける、そんな最低の生き物じゃないか。

自分の身を滅ぼしかねないこんな生き物を飼う筋合いがどこにある。私は忸怩たる思いで今後一切ハバを信じるまいと思った。しかし職場の長という立場にあるので、好きだからといって褒めたり、嫌いだからといって貶したりするわけにもいかず、しばらく手の打ちようもない。私は辟易しつつ秘書に「君のせいじゃないよ。やつはハバなんだから怒っても仕方ない。この問題はぼくがじっくり解決することにしよう。今後、君はやつの相手をしてはだめだぞ」と言って、送り出した。

夜になり、私がテレビを見ているとハバがこっそりとやってきて「局長さん、今晩、県長さんを訪問するってのはどんなもんでしょう」と訊いた。

私はハバの顔を見るのもいやで、たちどころに「今晩は用事があるんだ。行く暇はない」と言い放った。

ハバは外に出ていこうとせず、「じゃ、明日はいかがでしょう？」とさらに訊いてきた。私は少々うんざりした顔をして「明日も忙しい。暇がある時に行くよ」と言うと、ハバは私の表情に気づいて、みるみるうちにしゅんとなって「ならそのようにいたしましょう、そのように……」とそのまま外に出ていった。

数日後、間もなく昼休みになるという時にハバがまたしても私の部屋にあらわれた。彼は恭しく、「局長さん、午後のご予定は？」と訊いてきた。

私はなんのことか分からず、「別に何もないよ」と答えて、いったい何の用事なんだろうといぶかった。ハバはしばらくその場で考え込んで立ちすくんでいた。私は再びハバの様子をうかがい、「何か用事があるんじゃないのかい」と訊いた。

その瞬間、ハバは眠りからはっと醒めたようになって、「いや、特に用事はないんです。なんとなく訊いてみただけです」と言ってそのまま外に出ていこうとした。私は「おい、ちょっと待てよ」と彼を足止めした。

ハバは歩みをとめ、少々慌てて目の前でお辞儀をして、両の眼をきらきらさせながら、「局長さん、何のご用事でしょう」と、私が話を切り出すのを待ち受けた。

私はしかめっつらをして、命令口調で「これからは秘書に懸想するんじゃない。もしお前が今の地位を守りたいなら、これからは自重しろ」と言った。

ハバは再び一歩前に出て、もったいぶった様子で「しかし、それはプライベートな問題なので……」と抗弁した。

「口答えするな」と私はとっさに彼の言葉をさえぎり、「事情はぼくも承知している。また同じことが起きるなら厳しい裁定をするぞ。さ、行きたまえ」と言った。

ハバは返す言葉もなく、ちょっと信じられないといったまなざしで私をじっと見ていた。しばし立ち尽くしていたが急に腰をかがめて、「了解しました」と言うやすぐさま扉を開けて出ていった。後には冷たい木枯らしが吹き込んできた。実のところ自分がどうふるまえばよかったのか、判断するのも難しかった。とにかく次から次へと想像を超えるような展開があったため、これからどうなるかを推し量るのは難しい。私はようやく煙草に火をつけて物思いにふけった。

昼に家に寄って昼食をとっていると、突然ハバがやってきた。手には包みを持っている。妻が急いで茶碗をとり、茶を注ごうとすると、ハバは、「お茶はけっこうです。さっき街で食事をしてきたので」と言って、包みから自動車の形をした立派な鉛筆削りを取り出し、私の上の子にプレゼントした。うちの子はいつもそのような鉛筆削りをほしいとねだっていたが、妻が高いとしぶって買わなかったのだ。ハバが買ってきたものを目にした途端、妻と子供は大はしゃぎ、そんな二人の様子にハバはさらに嬉しそうな表情を浮かべたので私も笑顔を見せた。ハバは私の笑顔を目にするや、徐々にそばに近づいてきて、楽しそうにいろんな話をしてきた。そんなふうにして昼食を終えると、ハバは改まって低い声で、「私の調べによれば今日、県長さんはご在宅で、外出される予定はないそうなので私も準備してうかがったのです」と言った。

なるほど、午後に予定があるかどうか尋ねてきたのはこのためだったのか。そもそもハバを県長のところに連れていって紹介してやるいわれなどないし、紹介する気にもなれないが、その様子をみると何が何でも行きたいようだ。そこで私は、妻に頼んで、戸棚から良い酒を二本とカター〔儀礼用スカーフ〕を一枚出して手さげ袋に入れてもらい、ハバを連れて県長の家へと出かけた。

県長の家の門から中に入ると、すぐに門の脇に繋がれていた獰猛な番犬が恐ろしい唸り声をあげてハバに吠えかかった。ハバは悲鳴をあげて私の陰に隠れた。この類の番犬はハバのような犬をひどく嫌っており、ハバもまたこの手の番犬を大いに苦手としているようだ。番犬が吠え声をあげるや、すぐに県長の妻が出てきて、私たちを家の中に案内した。他に客人はいなかった。県長は上着を脱いでソファにあおむけに寝ころびながらテレビを見ていたが、私たちが来たことに気づくとすぐにきちんと座り直して、私たちをそばに座らせ、机の上にあった高級煙草「中華」を一本ずつ勧めてから話を始めた。私は手提げから酒瓶とカターを取り出してテーブルに置きながら、療養中にお見舞いに行けなかったことを詫びた。県長は鷹揚に微笑みながら「気にするな。わしの不在中も仕事をしっかりやってくれたのなら、それで十分だ」と言った。

その間にハバはたいそう恭しく袋から高級酒「茅台（マオタイ）」二本とカターを取り出し、テーブルに置いて、顔をくしゃくしゃにして県長に敬意を表した。ハバの贈り物と私の持ってきたものとを比べると天と地ほどの差がある。それを見せつけられて私はいたく居心地が悪くなり、さらにハバのやり口にも辟易した。

県長は私の隣にハバがいることに初めて気づいたかのようにじっと見つめ、いぶかしそうな顔をして「こいつは……」と私に聞いてきた。

県長に紹介しようしているところに、ハバが先に口を開いて自己紹介を始めた。「私は新人でして。ハバの中ではなかなか優秀なほうです。というのも、自分の責任は率先して果たしますし、喜んで皆の手助けをします。特に私は飼い主の命令を尊重して従い、よくご奉仕いたします。皆さん、私のことを良いハバだと言ってくださいますし、自分でもそう思います」と尻尾を振った。

県長はハバの話を聞くと、まっすぐ私のほうを見て、「なるほど、この間、君が話していたのは彼のことだったのか。話に出た時から良いハバだと分かっていたよ」と言って、自分の目には狂いがなかったと悦に入った。

私は愛想笑いを浮かべて「その通りです」と言うしかなかった。

県長のこの言葉を聞くやハバは大喜びして、顔をくしゃくしゃにして頭を振り上げ、尻尾をふりふりしながら、県長に愛嬌を振りまいた。県長も目を細めて私がそばにいることなどすっかり忘れているようだった。ほどなくして県長は愛おしそうにハバを抱き上げて、にこにこしながら遊びだした。ハバのほうも、初めて私の後をついてきた時のように黒くつややかな鼻で県長の耳や頬、頭に鼻、唇に至るまでくんくん嗅ぎながら、ふざけたり甘えたりといろいろな媚態を見せ、県長の手をしっかりと握って放さないかと思えば、床に下りてそこら中を跳ね回り、突然立って歩き出したりなどした。県長はたいそう喜んで、顔を上気させて笑いながら私のほうを見て言った。「本当によくできたハバだ。この子の目を見ればいかにも頭がきれそうだと分かるだろ？　ああ、こんなタイプのハバはなかなかいないぞ。こっちへおいで。なんて人懐っこいんだ」そしてまたハバを抱いて遊びに夢中になり、まったく話かけてもこないので、私もしばらく、二人が遊んでいるのをぼんやりと見ているしかなかった。

午後の始業時間が迫ってきたころ、私はさすがに我慢ならなくなって、県長にいとまを告げようとした。

私が腕時計をちらっと見て、「私どもには午後も仕事があるので、ここで失礼します」と言うと、ハバはこちらを振り向いて信じられないといったまなざしで私を見つめた。

一方、県長はというと多少不愉快そうな様子をみせたものの、先ほどのように笑顔をつくって、「局長の時間は金よりも貴重なんだな」と言った。それから、今のは冗談なんだからなというそぶりをしつつ立ち上がり、「ではそういうことにしよう。何はともあれ仕事に遅れをきたしてはいけない」と言って私たち二人を玄関まで送ってくれた。

門の外に出るや、番犬がまたハバを目にして唸り声をあげ吠えかかってきた。今回、ハバは私の陰には隠れず、一目散に県長のところに駆け寄り、その足の後ろに隠れてぶるぶると震えていた。県長が大声で威嚇すると番犬も一旦は吠えるのをやめたが、納得できないという様子で何度か行ったり来たりして、こちらににらみをきかせている。県長はさらに「まったくろくでもない犬だ。こんな役立たずは飼うより肉にして食っちまったほうがましだ」と罵って、番犬失格の烙印を押した。

私は門を出て、別れの挨拶をして県長宅を後にした。ハバはなおも心残りのある様子で、県長のほうを何度も振り返り、名残惜しそうに私の後についてきた。道中、「局長の時間は金よりも貴重なんだな」という県長の皮肉が耳に蘇ってきて、とても不愉快な気持ちになった。ハバはそのまま重い足取りで私の後についてきていたが、言葉を交わすことはなかった。職場の門のところに着いた時、初めてハバが口を開いた。彼は少々恨みがましい様子で「局長さんたら、午後には特に予定はないって言ってたじゃないですか」と言った。

私はひとことも返事せず、まっすぐ局長室へ向かった。

それからというもの、昼夜を問わず空いた時間にハバが私の家に遊びに来ることはなくなった。妻と子供は、毎日、ハバが来るのを楽しみに待っていた。ある時などは、妻から、ハバが家に来られなくなるようなことを何かやったのではないかと詰問されたほどだった。

妻がいぶかしく思うのも無理はない。でも本当のことを言えば、私にも理由が分からないので、説明のしようもなかった。ただ、仕事の際には、ハバはいつも私のそばに顔を出し、職場の業務改善計画についての意見を述べ、果ては私の仕事の仕方に堂々と難癖をつけてきていた。そんなハバの様子を見ていると吹き出したくなったが、そこはぐっとこらえて態度にはまったく出さなかった。

ある時、私はハバを連れて地方の郷政府へ出張した。郷政府の建物の門の前に車をぴたりと乗りつけ、降りるや否やその地の指導者や役人たちが迎えてくれる。郷長は私の親しい友人だったため、前に出てきて満面の笑みを浮かべながら「お二人とも、よくおいで下さいました」と挨拶してくれた。

私が挨拶を返そうとしていると、背後からハバが私を差し置いてしゃべり始めるではないか。ハバが「いやいや、どうもどうも」と言いながら、前にしゃしゃり出て郷長たちと握手を交わすものだから、私はしばらく茫然と彼の顔を見守っているしかなかった。私の様子など気に留めず、一人一人と握手をしながら挨拶を交わしているハバの様子を見ていると、局長は私ではなくてハバであるかのようだった。

私たちが応接室に入って、お茶を飲んでいる時も、先ほどと同じく上層部のお偉いさん気取りで、前に出て話をしようとする。トイレに行って会議室に移動する時、郷長が私を引きとめて、低い声で「あいつはいったい何者なのかね？」と言ってハバを指さした。

私は「うちの役所の主任ですよ。新しく入ったんです」と答えると、郷長は笑いながらかぶりを振ると「いったい何者かと思ったよ。今の時代、人、犬を問わず、みな厚顔無恥もいいところだ。あんたも用心せんとな」と冗談めかした忠告をし、二人して吹き出したのだった。

午後、役所に戻るや県長から電話がかかってきた。県長はちょっといらだった声で、「今日は何度も電話したのに、誰もとらなかったのはどういうわけだ」と言った。私が事情を説明して、どのようなご用件でしょうかと尋ねると、県長は「ほかでもない、今晩、うちに酒を飲みに来てくれ。ご馳走も準備してあるぞ」と言った。私が「県長主催の宴会に参加できるなんて、これ以上の幸せはありません」と答えると県長はちょっと笑って、「なら待っているぞ。ハバも一緒に連れてきてくれ」と言った。受話器を置いた後に、今日の郷長の言葉が耳に蘇り、ハバに対して苦々しい怒りがつのってきて、機会をとらえて思い知らせてやろうと思った。

夜になると私はハバを連れて県長の自宅へ向かった。行ってみると財務局長も招かれていた。県長は私たちがやってきたのを見るや、ひどく嬉しそうな顔をして私たちを座らせた。財務局長にハバを引き合わせると、どんなに素晴らしくて賢い犬か、そのことをどんな分析を通じて悟ったのか等々、自慢たらたら詳しく説明した。財務局長は県長の話を聞くと、しかつめらしくハバを評価する言葉を述べた。「県長がお気に召したのでしたら並の犬ではありますまい。この種のハバは人の気持ちが分かるだけでなく、人の良きパートナーとなることもできます。それに私もハバが大好きでして……」と言いながら、ハバを抱き上げ頭をなで、可愛くてたまらないというふりをしてみせた。しかしハバは財務局長のことがさほど好きではなさそうで知らんぷりを決めていた。しばらくすると財務局長に抱かれているのが我慢できなくなったのか、ぱっと飛び降りると、県長のもとへ走り寄っていった。県長はさらに嬉しそうな顔をしてすぐにハバを抱き上げ、財務局長と私のほうを見ながら「どうだ。わしが言った通りだろう。本当に賢い犬だよ」と言って喜びいっぱいに軽口を叩くのだった。ハバはいっそう甘えてみせたりじゃれついたりなどご機嫌をとってみせた。財務局長と私も県長にあわせて愛想笑いを浮かべるしかなかった。その時、県長の細君が焼き肉を二皿持ってきて卓に置いた。県長はそこでようやくハバと遊ぶのをやめて、ハバを席につかせてこう言った。「うちの番犬は役立たずなうえ、お客が来るたびにけしからんふるまいをするもんでね。今日はわざわざ人を呼んで、あいつを捌いて肉にしてもらった。それで君たちを客に呼んだんだよ」と言いながら貯蔵庫に入っていった。

そういえばさっきこの家に入った時、ハバに吠えかかるはずの番犬の姿がなかった。この間、県長がこんな番犬など殺して食っちまえばいいと言ったのは単なる冗談ではなかったのだ。しかし、うちでは犬肉を食する習慣はなく、その理由はと問われれば、「犬は人間の友である」とか、「人として生まれ変わる前にまず犬に生まれる（犬に生まれ変われない者が人に生まれ変われるわけがない）」ということわざを信じているとでも答えるしかない。何はともあれ、犬の肉を食べるなど論外、犬肉を食べる人間のそばにだっていたくない。しかしながら、今晩はその場にいるしかないようだ。そんなことを考えているうちに県長が貯蔵庫から酒を持ってきた。それはまったく見たこともないような酒だった。県長はその酒を私たちに見せながら、「これは州長が香港に行った時にわざわざ土産として買ってきてくれたものでね。香港で一瓶七百元したそうだ」とひとしきり自慢してから、「さあ、まずは乾杯しようじゃないか」と言って瓶を開け、盃に注いだので、われわれ四人は立ち上がって乾杯した。すると県長は箸を手にし、「さあ、みんな、肉を食べなさい。犬の肉は最高の滋養強壮剤だよ」と言い、「遠慮しないで、まあどうだ」ともてなし始めた。

　私はとても気まずくなり、「本当に申し訳ありませんが、私は犬の肉は食べません。かわりに酒を飲ませていただきます」と詫びた。

　県長は私の言葉を聞いて面子をつぶされたと思ったのか、少々気分を害した様子で「君はいつから犬肉を食べなくなったんだ」と嫌味ったらしく言い、少し考えてからちょっと笑みをみせて「それも仕方がないか。われわれはいずれにせよそれぞれの慣習には敬意を払わなければいけないからな。君は酒を飲みたまえ。こっちは肉を食べることにしよう」と言い、犬の薄切り肉を口に運び、大変おいしそうに食べながら、「焼いても実にうまいなあ」と言った。

ハバは犬なのだから同類の肉など食うまいと私は思った。財政局長は箸をとり、犬肉を一口食べてみて「おお、これは美味いですな」と言った。一方、県長はハバを引き寄せ、犬肉をひとかけらつまんでハバに食べさせてやった。ハバは耳をぱたぱたさせ、肉を二噛みで呑み込むと「生まれてこの方、こんな美味しい肉を食べたことはありません」と言ったので、みな声をあげて笑った。

肉を食らい酒を飲み、宴もたけなわとなった頃、県長はハバをまた膝にかかえ上げて毛をなでながら、笑顔で「なあ、このハバはわしのことをとても好いているし、わしもハバが一匹欲しい。わしがこのハバを飼うことにするというのではどうだ？　君はまた別の気に入ったハバを探せばいい。その時にはわしが許可を出してやるから」と言い出した。ハバはたいそう喜び、県長の膝の上から顔をこちらに向けて、私が同意するのを期待して待っていた。

「えっ、それは……」しばし決心がつきかねてうなだれ、考え込みながらふと床に視線をおとすと、県長の革靴が目に飛び込んできた。なんと県長の靴は、かつての私の靴のようにぴかぴかに磨かれていてまばゆいばかりに輝いているではないか。視線を転じて自分の靴を見やると、あの時の妻の靴のように汚れたままで、かつてのような輝きは完全に失せていた。ここにきて、私は長い間自分の靴にろくに注意を払っていなかったことにようやく気づいた。私はすぐに顔を上げ「もちろんですとも。県長は今お体の具合も悪いし、おそばに仕える者はどうしたって必要ですしね。こうしましょう。そのハバは私から県長へのお見舞い品として差し上げます」と言うと、そこにいた者はみな満足の笑顔をみせて、酒盛りを続けた。笑い声も徐々に高らかなものとなっていった。

県長宅からの帰り道、通りの街灯はこうこうと照っていたが、行き交う人影もない。私は少し酔っていた。ハバは酔っぱらっているうえに大はしゃぎで、浮かれてへんてこな鼻歌を歌いながら先頭を切って歩いている。私はハバをからかってやれと思って泥酔したふりをして街灯の下でハバの行く手を遮り、見下すような口調で「お前はなぜハバをやってるんだい。なぜなのか教えてくれよ」と問うた。するとハバは半眼のまま私の顔をじっと見やり、気にも留めない様子で、「今どき人間はどこをとっても犬には及ばないではありませんか」と生返事をして、引き続き「鼻歌」を歌いながら前を行くのだった。

考えてみると、ハバの話にも道理があるように思えた。以前、私はある本で「都会の犬を車で轢き殺すよりも、田舎の農民を轢き殺したほうが罪が軽い」という話を読んだことがある。最初にその話を読んだ時は笑い話だと思っていたが、今になって考えてみると真実だったようだ。それに今宵、酒を飲んだ時も本当の意味で県長を喜ばせたのはハバだったではないか。それ以上あれこれ考える気も起こらなかったので、再び街灯の下でハバの行く手を遮って「お前、さっき犬の肉を食っただろう。犬っていうのは共食いをするものなのか?」と意地悪な質問をした。

ハバは笑って、私を諭すような表情で「食って何がおかしいんですか。飢えれば人だって共食いをするじゃないですか」と言うと、ふらふらと歩きながら天を指さして、「しかし、犬が犬を食うのは直接的な関係に基づいているのに、人が人を食らうのは間接的な関係においてなんです。そこはまず押さえておいてほしいところです。さらに言えば、犬が犬を食う方法は一つしかないのに対し、人が人を食う方法はいくらでもあるのです」と言うと、再びふらふらと前を歩き出した。私は茫然としてしばらくその後ろ姿を見つめていた。なんだかハバが立派な哲学者であり、その言い分は理を尽くし、ゆるぎないものであるように感じられ、長いこと街灯の下で立ち尽くしていた。

翌日の夕方、仕事がひけるころに秘書が書類にサインをもらいにやってきた。それぞれの書類をあらため、意見を付け加え、サインして渡すと、彼女は立ち去ろうとせずに傍らに立って、何か言いたげだが、口にしづらそうにうなだれて、おさげをいじっていた。私はしげしげと彼女の表情を見ながら「どうしたんだい。まだ何か用事があるのかね」と尋ねると、彼女は少々当惑した様子で、「私……私、彼がほっておいてくれないんで、私……お受けすることにしました」と言った。

何の話かさっぱり分からず、それでも何かいやな予感がして「お受けしたって、いったい何を?」と慌てて尋ねると、彼女は前にもましてうなだれて「ハバの求婚を受け入れたんです。なので……私……謝りに来たんです。私にも落ち度があったので、どうか怒らないでください」と言うではないか。

彼女がいつ立ち去ったのかも分からず、気がつくと役所のひける時間はとうにすぎて、日もとっぷり暮れていた。私はため息をついて、煙草を取り出して火をつけ、ふかすうちに、ふとハバの昔の主人だったあの引退した老人の姿が目の前に浮かんできた。今の私のざまときたら、まさにあの老人そのものではないか。苦笑いを浮かべつつ、左側の引き出しから靴磨き用の布を取り出して、精一杯靴を磨き上げてから立ち上がり、外に出た。

私は重い足取りで帰途についた。行き交う人もほとんどいない。点々とつづく街灯も今の私の心情そのままに侘しげで、思いは遠くへさまよっていった。しかし街灯の光がとどかない街の四方の闇の中では、たくさんの犬がけたたましく吠えている。私は思わず故郷の宵の刻を思い出した。夜の闇の中で、狼たちと死闘を繰り広げる虎丸、豹丸といったあだ名で呼ばれる獰猛な犬たちを。

ཁྱི་རྒྱས།
犬

眠れない夜を幾晩も過ごし、知らぬうちにたくさんの物がなくなるという謎めいた事件が繰り返し起きたのちに、チャベは知恵と勇気をふるって、あの手この手をくりだしたあげく、あのずる賢い犬を一瞬のうちになきものとすることに成功したのだった。

まったくあの犬は閻魔様にでも会わない限り反省しないようなやつだった。チャベの家はナクシャル村の真ん中にあるので、普通ならあんな犬が来るなんてありえない。ところが性悪で手練（てだ）れの強盗や泥棒のように、ある晩、暗闇にまぎれてこっそり彼のテントの入口まで忍び込んできた。それが気の滅入るような生活の始まりだった。まずひしゃげた小鍋が行方不明になった。続いて潰したばかりの羊の足が一本なくなった。さらにはバターの保管箱に入れてあった胃袋詰めのバター〔バターの保存に羊やヤクの第一胃を用いる〕が消えた。さらにありえないことが次々と起きていった。夕食を作ろうと鍋から肉を取りだして皿に置き、用を足して戻ってくると皿が空っぽになっていた。袋に入れてあった丸いパンが半分に減っていた。正月用に準備していたバター菓子も食い散らかされていた。あまつさえ彼が畳んでおいた着物の山も乱され、しっかりと縛ってあった袋の口もほどけていた。いくらなんでも怪しいとにらんだチャベは、父親の形見のよく切れる刀を手に取り、緊張の面持ちで、昼間でも暗がりとなっているテントの裾の隙間に隠れて様子をうかがった。そこでふと彼は気づいた、湿った土の上にあの狡猾な犬の足跡がうっすらと残されていることに。

犬の方も自分の正体が見破られたことに気づいたのか、いっそう狡猾になったようだった。チャベは一晩中、一睡もせずに刀を手に物陰に隠れて待ち伏せしてみたが、そんな時にかぎって犬は決して来ないのだった。そのうちチャベが力尽きてちょっとでも居眠りすると、すかさず犬は侵入してきてテントの奥に置いてある残飯を漁っていった。これではいかんと悟ったチャベは、今度はテントの周りにあるマーモットの巣穴を探り、漢人どもがしかけていった害獣駆除剤を一粒頂戴してきて、肉塊の中に仕込んで目立つところに放っておいた。ところが驚いたことに、敵もさるもの、毒の仕込まれた拳ほどの肉塊よりも自分の命の方が大切と見えて、決して肉を丸呑みしようとはしなかった。さらに驚いたことに、そうした肉を何度置いても、肉だけが消え失せ、駆除剤がぽつんと残されているのである。チャベは怒り心頭に発して駆除剤を外にあるかまどの灰の山に投げ捨てた。次に他家から金属製の罠を借りてきて、テントの戸口のところに穴を掘って埋め、草や土をかぶせて見えないようにした。だがこれも失敗だった。憎たらしい犬はとにかく聡い。たぶん生まれつきの危機察知能力があるのだろう。チャベは引き続きいくつも策を弄したけれども、どれもこれも失敗に終わった。万策尽き、意気消沈して深い眠りに落ちていたある晩、チャベは突然犬の吠える声に叩き起こされ、刀を手に慌てて外へ飛びだした。すると角の長いヤクの近くに黒々とした物体が倒れている。近寄ってよく見てみると、なんとあの忌々しい犬がヤクの角で突き殺されているではないか。チャベは深いため息をもらし、これで知力と体力を限界まで試された長きにわたる苦闘の日々がついに終わったことを悟った。今回のこの勝利で彼は心から安堵し、腹の底から喜びが込み上げてきて、最高の気分だった。

チャベは、自分の刀の下にころがっている犬の屍を再び見やってほくそ笑み、「因果応報ってのはこのことだな」とひとりごち、手をのばして尻尾をつかみ屍を荒っぽく引きずりだすと、柵囲いの牧草地に捨てた。牧草地には昼間はたくさんの家畜が放たれているが、夜は風に当てないように家に連れ帰る。だからその時はチャベと犬の屍はふたつの暗い影にすぎず、誰にも気づかれなかった。しかし一日も経たないうちに牧草地は犬の屍の話で持ちきりになり、噂は風に乗ってあっという間に村人たちに知れ渡った。

さて、この事件に最初に気づいた、というか、犬の身元を調べたのは村の書記である。朝、家長たちが集まって村長の家で会議をひらいていた時、書記は一人黙って脇に座り、出席者一人ひとりの表情をじっと目で追っていた。会議がまもなく終わるという時、書記はこそこそと一人の家長を連れて外に出た。表の少し離れたところに腰掛けてしばらく話し込んだあと、書記一人そこに残り、その家長は戻って別の家長の耳元でひそひそ話をした。その家長は立ち上がるとチャベを一瞥して、表の書記のところに行った。ひきつづき何人かの家長が書記と言葉を交わすと戻ってきて、チャベの方をちらちらと見ながらもとの場所に居ずまいを正して座っている。最後に残ったチャベには声が掛からなかった。しばらくすると書記もゆっくりとした足取りで戻ってきてもとの場所に座り、チャベを見ながら笑みを浮かべていた。そもそも不安な気持ちでいたところに書記が戻ってきたので、気が動顛してしまった。たぶん自分と関係のある話なのだろうと思った瞬間、あの犬のことがまざまざと思い出された。書記が中に入ってくると、動悸が激しくなってきた。うつむいたまま落ち着かない気持ちで、何と返事をしたらいいものかと気をもんでいたが、不思議なことに、書記は微笑むばかりで何も言ってこなかった。会議が終わると書記は真っ先に出ていった。

あとに残された男たちは、再び村長の家のかまどの前に集まっていたが、急に一人の男が咳払いして何かしゃべった。チャベは特に耳をそばだてていたわけではないが、はっきりと聞こえ、雷で打たれたような衝撃を味わった。全身がかっと熱くなり、喉がふさがり、鼻息が乱れる。たくさんの口が蠢（うごめ）き、さらに多くの目が探るような視線を交わし、話し声がわんわんとせまってきた。目も耳も、はては意識までもがぼうっとしてくる。いったい皆何の話をしているのだろう。いずれにせよ、チャベの耳には、「犬、犬、犬……」という単語しか入ってこなかった。ちょうどその時、彼のそばにいた男が顔をあげて「おい、チャベ、お前さんはあの事件を目撃してないのかね。さっき書記が言うには、放し飼いにしていた犬が誰かに殺されて、牧草地の入口に捨てられていたそうじゃないか。ならお前さんの家から近いだろう？　本当に馬鹿な奴だ。犬を殺したあげく家畜の通り道に捨てるとは。『野生のヤクを殺すだけではあきたらず、尻尾までもみせびらかす』とはこのことだ。お前さんだって腹が立つだろ」

「えっ、えっーと、このところ、俺は外出してないし……」チャベはびくびくしながら適当な嘘を言ってその場をなんとか取り繕った。しかし彼の心は前にもましてざわつき、みなの鋭い視線が自分の体に突き刺さるように感じられた。犯人が自分だとばれたのだと思って、茫然自失のていで外に出て急いで家に戻った。

ナクシャル村はまる一日犬の件で持ちきりだった。家にいるものも、羊を追いに行くものも、山に行くものもみなそのことを口にした。サンペルおじさんのうちに嫁入りする花嫁が付添いの二人とともにやってきた日に、おじさんが付添い二人に開口一番言ったのは「おや、あんたたち、知らなかったのかい。村の書記のところの犬が何者かに殺されてさ、牧草地の入口に捨てられていたそうだ」という一言だった。さらには子供たちがその噂を聞きつけてすぐさま自分の家に走っていって話を伝え、また他の子と先を争うようにしてできるだけたくさんの家庭に走って噂を広めた。こうして村中くまなく走り回ったあげく咳込み、ハァハァと息を切らせながら自分のうちに戻っていったのである。この日は、チャベにとってひやひやさせられっぱなしの一日であった。汚染された大気の中で暮らしているかのように息苦しかったので、彼は犬の屍の捨て場所を移し変えることにした。

こうして息のつまりそうな一日が過ぎていった。チャベは外に出て身をひそめ、目を皿のようにして各家庭のかまどの火が消えるのを待ち、ようやく麻袋を持って犬の屍を別の場所に捨てに行った。どこに捨てるかは昼間から考え抜いていた。学校の裏手に大きな穴がいくつも掘られた場所があったので、その中の一つに投げ入れることにしたのである。行き来する人に目撃されることもなかったので、犬がヤクに殺されたと知った時のように落ち着いてきた。非常に深いため息をついた様子は、まるで大きな重荷を下ろしたかのようであった。安堵のあまり頬がゆるんでいた。

家に着くと、ほっと胸をなでおろし、すぐさま夢の国へとまどろんでいった。ふと気がつくと、彼はちり一つない路地を歩いていて、目を凝らしながら用を足す場所を探しているところだった。電灯でくまなく照らされているその場所は、たぶん、彼が昔、皮革を売りに行った街の路地であるようだ。あの夜は確か街頭のテレビで外国の戦争映画を見たのだ。彼は行ったり来たりしてあちこち探したが、うまい具合に用を足せる場所を見つけることができずに焦っていた。そのうち不甲斐ない自分に腹が立ってきた。あのひどい夕飯を食わなきゃよかったと料理人のことを思い返しては悪態をついた。と、道の隅に、奥まっていて灯りの届いていないところが目に入った。すぐにそこに飛び込んでしゃがみ込む。するとすぐ近くの扉が開いて、子供が「泥棒だ、泥棒がいるよ！」と大声で叫ぶではないか。彼はすっかり怖気づいて用を足す暇もなく逃げだした。突如として、あちこちからパトカーがサイレンの音を響かせながら彼を追い立てる。こりゃ本当にさっき見た映画とまったく一緒だ。ついに為すすべもなくなって叫び声をあげた瞬間、目が覚めた。

見ると太陽は東の山の頂に姿を現しており、朝学習を終えた子供たちが、それぞれ家畜を追って山へと向かっている。チャベは家畜を谷の方に放ってから、用を足し、家に帰ろうとした。その道中、学校の教師と生徒が皆、学校の敷地の外に出てわいわいがやがやと叫んでいる。柄の悪い生徒が何人か塀のところに集まって、人の悪口をわめきちらしている。学校にはそれぞれの家庭でささやかれているたくさんの悪口が吹き溜まっており、それを耳にすれば誰しも平静ではいられなくなるものだ。チャベは生徒たちの様子を見ているうちに、彼らの悪口が自分に向けられたものであることにはっきりと気づいた。うなだれたまま彼らに近づくと、「この一件で学校の雰囲気がどれほど悪くなったことか！」という声が聞こえてきた。赴任してきたばかりの漢人の校長が、教師や生徒たちの前で怒りもあらわに落ち着かない様子で行ったり来たりしながら、「われわれの学校は……じゃない。そもそも学校というのは清潔で整えられた良い環境でなければいかん。ここは次世代の子供たちを育てる場所だぞ。こんなことになって、ここが素晴らしい、清潔な環境といえるのか！　これから子供たちをどうやって教育していけばいいんだ。この事件は何としても上に訴えないといけない。村役場に処分してもらおう。それでだめなら県庁に……」と本気で腹を立てている様子だ。校長は生徒たちの朝学習につき合うために夜明け前から起きるのが習慣になっていた。起床するとゆっくりと学校の周囲を歩いて表門から裏手の穴のあいているところまで行って用を足すのもこれまた習慣のようになっていた。今朝のこと、彼は穴のところに着いた途端、ぎょっとして逃げだした。穴から少し離れたところに行ってから背筋を伸ばして立ち、もう一度穴の方を見て、そのままそこに一時間ほどつったっていた。その後、敷地の外から土塊を拾ってきて穴に向かって投げたが、相手はぴくりともしなかった。校長はやむを得ず校内に戻り、生徒たちをけしかけると、みな石や棒切れを持って堰を切ったように穴の方へ突進していった。教師も生徒もみな、雄叫びをあげながら、恐れもみせず勇んで駆けつけた。そのまま穴のところに着いたはいいが、拍子抜けするような結末にみな笑いながら「犬の死体だったね」と言った。校長は信じられない様子で、腰を屈めて辺りを調べていたが、突如怒りだし、先ほどのような大騒ぎになったのだ。そうこうするうちに、何人かの村人が校長や教師や生徒たちのもとに集まってきたというわけだ。

チャベは校長の言葉を耳にするや否や、すっかり驚いてしまった。おお、俺が何をしたというんだ。そんなにひどい罪を犯しちまったんだろうか。この様子だとお上に訴えられでもしたら、首とまではいかなくても、確実に脚は切られるに違いない。なんてことだ。チャベは校長の言葉を聞いているのに耐えられず、そばに近寄ることもできずに後ずさりしていって、まっすぐ自宅に戻った。家にいてもじっとしていることはできず、誰かが彼の家に近づいてくる度に心臓がどきどきし、これでおしまいだ。俺があんなことをしたのがばれたに違いない。どうしようと、いてもたってもいられなくなるのだった。その人物が彼の家のかたわらを通り過ぎて、遥かかなたに去っていくのを目にするや、再びどうにか心を鎮めようとするのだが「このあとに誰がやってくるんだろう」と思うだけで、心臓を爪でひっかかれたようにびりびりする。このままでは破滅だ。なんとか手をうたねばなるまい。そこで彼は夜の時間を使って犬の屍をもう一度移動させることにした。

今回、チャベはなかなか良い場所を見つけた。村から山の方へ上った先の、人目につきにくい場所で、特に用事のない人ならいうまでもなく、家畜追いでもここに来ることはほとんどないため、これほどふさわしい場所はどこにもなかった。そこでその晩、人も犬もみな寝静まった機会をとらえ、チャベはまたしても手品師まがいのことをまんまと成し遂げたのであった。

ああ、ありがたや。今宵はこれまでの晩とは比べようもない。これで彼の心も落ち着いた。翌日の午前中にも騒ぎは起きなかった。午後の時間も平穏に過ぎていった。三日目の朝も皆くつろいだ様子であった。だが、昼も終わりかけた頃だろうか、にわかにざわめきが起き、ナクシャル村は騒然となった。みな恐れおののき、これまで聞いたことのないような驚くべき話題を口にしていた。チャベはそれを耳にした途端に目の前が真っ暗になった。彼にとっては信じがたい話だった。本当にそんなことがあるんだろうか？　チャベは文字どおり一日中家にこもり、外にも出られなかった。彼がひきこもって外の騒ぎだけを気にしながらびくびくしていると、ふいに近所の寡婦（やもめ）のチャクキが彼のうちにやってきた。

彼女は入口の脇に腰をおろし、いつもとは違う微笑みを浮かべ、疑い深い顔でチャベを見ながら、「聞いた？　この間、ラマのお母様を鳥葬した辺りに犬の屍が捨ててあったんですって！　そんなことってあるのかしら？　ラマは犯人に呪いをかけたって言っているそうよ。まあ、なんてことかしら。いったい誰がそんな悪戯をしたんでしょうね。あなた知ってる？」と聞いてきた。

「違うよ。俺じゃない……」チャベはどこに目線をあわせれば良いかわからず、ついそう口走ってしまった。

「まさか、あなたがそんなことするわけないわよね。ほんとに誰がやったのかしら」

「俺は知らないよ……」

チャベはしどろもどろになり、急いでその辺りにあったものを手にとって、仕事をしているふりをした。チャクキも声をひそめて笑い、何度かきょろきょろと辺りをうかがってから帰っていった。チャベは手元でいじっていたものを投げ捨てたが、しばらく息もできない有様だった。まるで誰かにはめられているみたいだ。こいつは悪い兆しじゃなかろうか。チャベは一日中食べものも喉を通らず、恐ろしい結末を予期しながら家の奥で縮まっていた。本当にラマに呪われたのなら、たたりとなって、来世に障らないまでも、今生で口がきけなくなってしまうかもしれない。彼はすぐさまラマに祈りを捧げながら、犬の屍を再び移動させる決心をした。さて今度はどこに運ぼうか。人目につかないところに捨てても気づかれてしまったのだから、どこに運べばいいのか見当もつかない。先ほどの場所に長らく放置しておいたらまずいことになるので、チャベは再びラマに心から懺悔して、そのまま落ち着かない気持ちで日が暮れるのを待った。暗くなるとすぐに山の方へ行って、犬の屍をとりだし、引きずって急いで家まで持ち帰った。道すがら彼の心臓は子羊のように跳ね回っていたが、なんとか家に帰ることができた。しかし、家に着いても屍を置く場所が見つけられない。真夜中まで考えた末、彼は家の外の灰の山を思い出した。今となってはその灰の山に犬の屍を埋めてしまう他に手はないだろう。でも、いつか誰かが灰の山を崩して犬の屍を見つけてしまったら申し開きはできない。気をつけないと過去の過ちよりもさらに恐ろしいことが待っているかもしれない。どうしたものだろう。いい考えも思いつかず、犬の屍は、家の外にある羊の糞の山の脇に放っておくしかなかった。

　不思議なことに、翌日から村の騒動はすっかりおさまってしまった。それはチャベにしてみればまったくの予想外のことだった。みな犬の屍のことを忘れてしまったのだろうか。不思議でたまらなかった。そのうちチャベも平静を取り戻し、外に出かけては人とおしゃべりに興じ、夜になれば入口に罠を仕掛けて心地よく眠りに落ちた。そうして数日が過ぎたある晩のこと、チャベがいつものように眠っていると、突然何かが罠に掛かった音で叩き起こされた。

「お、お前、この犬畜生め……」チャベは寝床から裸のまま飛び起きた。手にはあのよく切れる刀を握りしめている。今度こそ躊躇なく斬るつもりらしい。

「ち、違いますよ。私ですよ。あ、あの、わ、私は会計係ですよ」

罠にかかったのは人間、しかも村の会計係だったのである。チャベは驚いて、

「え、あんただったのかい。こんな遅くに何の用だ?」

「こ、こ、今年の税金の徴収に来たんです」

「それならそうと声をかけてくれればいいじゃないか」チャベは急いで手をかして会計係の足にかかった罠を外すと、きまり悪そうな表情をみせた。

「いや、そうはいきませんよ……」会計係は罠を外してもらうとすぐに足を引きずりながら中に入ってきて、改めてチャベの顔を見ながら言ったのである。

「お宅の犬に気づかれるんじゃないかと思って」

「えっ……」

ཤྲིགས་མོ།

罵り

ふんっ、やっと帰ってきた。どこをほっつき歩いてたんだか。家に帰ってくる時の自分の情けないざまをごらんよ。まるで食事ももらえずいじめられてるみたいじゃないか。いやだねぇ、今日も酒を飲んだのかい？　そうに決まってるよ。この際聞くけど、あんたは家のことを考えてるのかい？　ふんっ！「考えてるよ」なんて言って、なにもしてくれないじゃないか。口ばっかりで、毎日酒を飲んでるだけ。酒を飲む以外になにかしてくれたかい？　ちょっと、寄ってこないで！　あたしに触るんじゃないよ。見てごらん。今何時だと思ってるんだ？　日が暮れかかってるのがわからないのかい？　今朝だって食事をしたらすぐ出てっちまってさ。どうせ一日中、狂い水を手離せなかったんだろうよ。それなら……、ちょっとちょっと、ストーブを倒さないでよ。足元がふらつくまで狂い水を飲んでどうするんだよ。それで腹が満たされるのかい？　それを飲んであんたにいいことでもあったのかい？　見てごらんよ。もう小麦粉もつきちまって食べるものもない。昨日は土曜日だったんだよ。あたしが一緒に買い物に行こうって言った時も「小説を書かなくちゃいけないから」なんて言って。なにが小説だよ！　そんなもの書いてあんたにいいことなんてなにもないだろ。その上、小説を書いたらきっと金がもらえるとか言って、あたしのこと騙してさ。なにが金だ！　その金はどこにあるんだい？　見せることもできないじゃないか。あたしがここで小さい飲み屋でもやったほうがましだよ。そのほうがはるかに食い扶持は稼げるね。給料だっていつもらえるか知れたもんじゃないし。えっ、なんだって？　ああ、去年、二百元もらったって？　確かにそうだった。じゃあ聞くけど、その金であんたは家のためになにか買ってくれた？　同僚におごってやったら、紙と万年筆を買う金も残らなかったじゃないか。万年筆なんか買ったってどうせ数日でなくすんだろうけどね。あたしがなにか間違ったこと言ってるかい？　小説なんて書いてないで家の仕事の一つでもしてくれりゃどれだけましか。あいかわらず原稿用紙にしがみついて、他のことはちっとも心配しやしないんだから。男の仕事も女の仕事もみんなあたし一人にやらせてさ。間違ったこと言ってるかい？　もうあたしもやってられないよ。それにさ……、ちょっと、そこに息子を寝かせてるのが見えないの？　あんたには目ん玉がついていないのかい？　寝方もわからなくなるまで狂い水を飲んでどうするんだよ。おとなしく座っていればいいじゃないか。ちょっと、あたしの言うこと聞いてるのかい？　そうだよ、あんたに聞いてるんだよ。誰の家に行ったんだって？　どこでしょんべん飲んできたんだ？　また酒飲みのシャプドルのところだね。あたしがあいつのところに行って、面と向かって文句言ってやろうじゃないか。あいつに金があるってんなら自分一人で飲むのはかまわない。なんであんたにも飲ませるんだ？　なんだって？　恥ずかしくないのかだって？　なにを恥ずかしがることがあるんだ？　あいつはなんであんたに酒を飲ませるのさ？　あんたをわざわざかまどに突っ込むようなまねして。今朝だってそうだったよ。だから「あの先生はたくさんの生徒を育てたのはえらいが、欠点は酒を飲みすぎることだ」なんて言われるんだよ。生徒たちは試験に合格、あんた一人が落第生。恥ずかしくないのかい？　あんたがなんとも思ってなくても、こっちが恥ずかしくなるよ。みんなが陰であんたのことなんて言ってるか聞いたことはあるのかい？　あたしは本当に耐えられなかったよ。「リン国の主従がみな東を向いている時に西を向いてるアク・トトン（一人だけが他の人と反対の行動をとるたとえ。アク・トトンは、チベットの英雄叙事詩「ケサル王物語」中の登場人物）」ってのはあんたのことだよ。違うのかい？　みんなが上司のご機嫌をとって出世できるかどうかうかがっている時に、あんたときたら「上司の遣い走りの犬にはなりたくない」なんてまだ言ってる。出世コースからはずれるのを待ち構えているかのようじゃないか。いかれた大馬鹿者もいいところだよ。なんだって？　知るもんか。自分の手の動かし方も知らないのかい？　それは自業自得だね。別に意地悪してるわけじゃないよ。本当に忙しいんだよ。見てごらん。今日は一日中、服と布団カバーを全部洗ってたんだよ。それに寝間着は繕いもした。その間にあんたはなにをしてた？　日がな一日狂い水を飲んで、お天道様がどこに沈んだのかも知らないじゃないか。それに、そうだよ。あたしの代わりに水を汲んできてくれたっていいじゃないか。じゃなかったら息子の面倒をみてあたしに仕事をする時間をつくってくれてもいいだろうよ。なにか間違ってるかい？　あんたは家のことなんてこれっぽっちも考えてやしない。よその男たちをごらんよ。街に出た時にだって家に帰ったらなにをすべきかちゃんと考えてるよ。違うのかい？　あんたんとこの校長先生だって畑を借りて耕して、年に数万元は収入があるらしいね。それにあの養豚先生だってせっせと豚肉を売ってもうけてるんだろう？　あんたにはなんの取り柄がある？　家に帰ってくるなり、「小説を書かなくちゃ」と言ってばかりで、本当にうんざりだよ。それ以外の時には生徒の宿題の束を家に持って帰ってそれにかかりっきり。そうでもなけりゃ、狂い水ばっかり飲んで、気分転換だなんてぬかして。あたしがあんたを牢屋にぶち込んでいるとでもいうのかい？　なんだって？「怒らないでくれ」だって？　そうかい、あたしだってあんたを怒りたくなんてないよ。でもね、ちょっと考えてもごらんよ。あたしが怒りを抱えたままでいられるとでも思ってるのかい？　怒って当然だろ。反論の余地なんてあるわけない。嘘なんて言ってないだろ？　じゃあ聞くけど、この子はあんたの息子なのかい？　これまで三十分でもこの子を抱いてやったことがある？　着るものを買ってやったことがある？　こんな父親いるのかね？　本当に可哀そうな子だよ。あんたみたいな能無しが父親にあたっちまうなんてね。考えてもごらんよ。それに……、そうだよ。あんたも同僚たちみたいに上司にとりいって地位を得ればいいじゃないか。それなのにあんたときたら、「お偉いさんの犬にはなりたくない」だって。ああいうのを「犬」なんていうのかね？　ハッハッハ。あの人たちは「できる」人たちなんだよ。だから、あんたと違って、馬鹿みたいに毎日ぼけっとしてる必要はないんだよ。あんたときたらなにを言ったって首は縦にふらないし、なにを言ったってそれは違うって言うじゃないか。「それは自分の性格だから」だなんて言っちゃってさ。聞いてるのかい？　今の時代、正直者が馬鹿をみるんだよ。そうだよ。それこそあんたのことだよ。毎日遠い目で考え事ばっかりして。ちょっと！　ねえ！　みんながあんたのことなんて言ってるか知ってるかい？　みんなの言うことはもっともだよ。あんたが街に行く時にいっつも顔をしかめてうなだれてるから、きっと奥さんになにも食べさせてもらえなかったんだろうだって。どう思う？　あたしがこんな噂を立てられて耐えられるとでも？　なんだい、そんなに血色の悪い顔して。それとも、あたしがあんたに食事を出さなかったことが一度でもあったとでも？　じゃあなんだい。まだ小説のこと考えてるのかい？　はっきり言ってやるよ。一生小説だけ書いて生活できた人がどこにいる？　もしあたしが豚を二匹売ってなければあんたはとっくに飢え死にしたよ。ふんっ。なにがおかしいんだ？　見てごらんよ。小麦粉がつきてもうパンだってないよ。それに肉だって買わなくちゃいけない。酒なんか飲む余裕があるんなら小麦粉を買う金くらい当然あるはずだ。あたしは家畜の餌みたいな水っぽいおかゆは食べたくないんだよ。見てごらんよ。あたしには本当にどうにもできないんだよ。明日は息子の名前を戸籍簿に登録しなけりゃならない。登録しないと罰金をとられるよ。そのことだって昨日あたしが行って聞いてきたんだ。もう一年も経つのにあんたはゆっくりやればいいだなんて。あんたの言うこと聞いてたら百年経ったってなんにもできやしない。なにへらへら笑ってんだよ！　でたらめなんか言っちゃいない。この調子ならもう他に言うことはない。離婚だよ。お互い別々の道を歩もうじゃないか。あたしゃこれっぽっちも未練なんてないよ。胸に手をあてて考えてごらん。小説をとるのか家庭をとるのか。まだ酒飲むつもりかい……。酒なんか一滴だって飲むのは許さないよ。それに家に生徒の宿題を持って帰ってくるのももうごめんだ。絶対だからね。今時、お上の仕事だけしている者なんていやしないよ。副業して金をかせがなきゃ。ほらほら、茶をいれてやってるのが見えないのかい？　この疫病神！　ごらん。ひどい顔色してるよ。自分の体も気遣えないのかい？ほら。茶を飲んだら息子の相手をしておくれ。あたしはこれから野菜を買いに行かなくちゃいけないんだ。寝るんじゃないよ。息子が床に落ちるかもしれないから。ふんっ。続きは明日にしてやるよ。ふんっ。

ཉིན་གཅིག་གི་ཆོ་འཕྲུལ།

一日のまぼろし

まもなく夜が明ける。早暁の朧(おぼろ)な光が天窓からテントの中に射し込んでいる。いつもこのくらいの時間になると、テントの奥で皮衣を敷いただけの寝床に寝ているヤンブムは目を覚ます。ヤンブムは、村の同年代の子供たちと同じように、裸のまま寝床から起き上がると、母親の枕の下に敷いてあったボロの皮衣を引きずりながらかまどのそばにやってきた。そして寝ぼけ眼で腰を下ろし、おもむろに垢だらけの両足を灰の掻き出し口に向かって伸ばした。母親はとっくに起きていた。母親は早起きをして火をおこし、やかんに水を入れてかまどの火にかけると、桶を手に老いた雌ヤクの乳搾りに家畜囲いへと出ていった。ヤンブムは大あくびをすると、小さな手の甲で両目をこすりながら、かまどの上で「キー、クー」と鼻歌を歌っているやかんを見つめていた。今にも眠りに落ちてしまいそうだ。やかんはずっと歌を歌い続けており、まるではるか彼方で誰かが鬨の声をあげているかのようだ。かまどの火はめらめらと燃え続けている。ヤンブムはかまどのやかんを見つめながら、その鼻歌に耳を傾けていた。そのうちにはたと、やかんが煤けて真っ黒になっているのに気づいた。母親はこれまでずっとこのやかんで乳茶〔磚茶を煮出したものにミルクをまぜたチベットでよく飲まれている茶〕を沸かして飲ませてくれていた。彼は母親の淹れた乳茶で育ったのだ。その時、ヤンブムの母親は乳搾りを終えて糞を外に出していた。外に出した糞は草原に持っていき、草の上で平らにして貼りつけておくと乾きが早い。糞は乾くと呼び名がチワからオンワに変わることをもちろんヤンブムは知っていた。「キー、クー」やかんは途切れることなく鼻歌を歌い続けている。ヤンブムはやかんがなぜ歌うのか不思議で、ずっと聞いていたいと思った。歌は初めのうち非常に低くか細い感じだが、次第に甲高く大きくなっていく。そして不意に歌が止んだかと思うと、ようやく茶が沸くのである。

　母親は家に戻ってくると、柄杓にいっぱいの水を汲み、家の外に出て手をきれいに洗った。母親が家に戻って柄杓を桶に突っ込むと、やかんの「キー、クー」という鼻歌は急におさまった。そして母親が手慣れた様子で、さきほど搾ったミルクをやかんに注ぐと、お茶の色が白く変わった。ヤンブムが乳茶を飲むのが大好きなのはおそらく父親似なのだろう。その昔、父親は皮なめしの作業をしながらお茶を飲み、一枚なめす間にやかん三杯分ものお茶を飲みほしていたという。ヤンブムがお茶を飲む際に用いるお椀も父親から譲り受けたもののはずである。ヤンブムが生まれる前のこと、父親が寺に参拝したところ、高僧がお椀を贈ってくれたという。ヤンブムは父親のお椀で乳茶を飲むのが好きだった。父親はヤンブムがまだ幼い頃に亡くなり、息子であるヤンブムが家を継ぐことになった。今やヤンブムも成長していた。外は明るくなりつつあった。空は刻々と白んでいく。夜が明けるにつれ、外の景色全体が、次第にはっきり浮かび上がってくる。まるで黒い帳（とばり）がゆっくり上がっていくかのようだ。お茶が沸くと、母親はお椀に乳茶を注いでヤンブムに渡した。乳茶の中にはヤクのバターの塊がほうり込んである。バターはゆっくりと溶けながらお椀の中を回っていた。ヤンブムはまず溶けたバターを少し手に取って、少し揉み込んでから、顔の表面全体になすりつけた。これは新しい一日が始まったしるしである。母親はヤンブムに固い丸パンを渡して、お茶につけて食べなさいと言い残し、扉の傍らにあった桶を背負って水を汲みに出かけていった。ヤンブムはそうしたことに注意もはらわず、そのまま朝ご飯を食べ続けていた。溶けかかったバターの中にパンを浸して食べるのはとてもおいしい。ヤンブムはパンを食べるのが好きなだけでなく、ツァンパ〔大麦を煎って粉にしたチベットの主食〕を食べるのも好きだった。幼い時から、ツァンパやパン、肉や牛乳やヨーグルトを食べたり飲んだりするのが好きなのは、牧畜民の子供たち皆に共通する特徴である。

母親が水を汲んで家に帰るとヤンブムはとっくに食事を終えていた。彼は立ち上がると、荷物のそばで死骸のように転がっている小さな靴を手に取り、まずは右足、さらに左足にもはいた。さらに荷物の下から黒い襟ぐりの皮衣を取り出してほこりをはらうと、慣れた手つきで羽織った。最初に袖に両手を通してから、下の留め具を上に引っぱって掛け、さらに上の留め具も掛けた。そして、短めの羊毛の紐を帯代わりに巻きつけてきゅっと結んだ。帯を締め終わると、母親がよその子とけんかしちゃだめよと諭しながらパン半切れと乳茶を一瓶、袋に入れて持たせてくれた。ヤンブムはそれをふところに入れると、テントの入口を出て、羊小屋の方へ向かった。羊小屋はテントの前の家畜囲いの中にあった。これなら夜もちゃんと面倒がみられるとヤンブムは思った。羊小屋に行くと、扉押さえにしていた灌木（かんぼく）の束を袖手でよいしょと持ち上げて扉の左側に置いた。

「メェー」

羊小屋から子羊のか細い声が聞こえてきた。ヤンブムは昨夜も子羊が一匹生まれたことに気づいた。おお、黒い角なしの母羊の子ではないか。ヤンブムは慣習通り、羊小屋に入ってまず子羊と母羊を一緒にして乳を吸わせた。彼は子羊が生まれるたびにこのような世話をしてきたのだ。

「メェー」

羊の群れが羊小屋から外に出ていく。子羊の声も途切れることなく次第に鮮明になっていった。子羊たちは後ろに取り残されがちなので、そのたびに母羊は群れの末尾まで戻っていき、時に子羊のそばに駆けよるなどして休む間もない。ヤンブムは置いてきぼりになった子羊を抱き上げて歩き始めると、母羊は彼の周りを回ってさかんに啼いた。

「メェー」

ヤンブムは幼い頃から子羊の啼き声を聞くのがとても好きだった。普段から四つん這いになって子羊の啼き声を真似していたほどである。なので父親もヤンブムは大きくなったらきっと良い羊飼いになれると言っていた。父も昔は放牧の名人で、朝早くから羊の群れを追って草地に行き、暗くなるまで帰ってくることはなかった。

「メェー」

幼い子羊の啼き声っていうのは、なんて弱々しいんだろう。しばらくして、ヤンブムは新たに誕生したばかりの小さな命を自分の背負う袋に入れた。こうすると、子羊の啼き声がずっと聞こえる。その時、太陽が昇り始めた。まばゆいばかりの曙光があたりを照らしだす。灰色にくすんでいた冬の草原に朝の光が射すと、草原はたちどころに金を散りばめたように黄金色に輝いた。山吹色の朝日があたりを包むと、冷たい風が巻き起こる。冬の寒風は針を突き立てられたかのような痛みを顔や体にもたらした。もちろん夏ならこんな風が吹くことはなく、大地には緑が広がり、温かく穏やかな時へと変わっていくことをヤンブムは知っていた。もしこの世界に夏がなく冬だけだったなら、なんと悲惨なことだろう。ヤンブムはいつもそう思う。ヤンブムと羊の群れが集落を出ると丘があった。ヤンブムはいつもここを通って羊の群れを草地に追っていくので、このあたりのことは知り尽くしている。世のことわざに「谷もあれば山もある」という。もしこの大地に窪地も丘もないなら、世界はのっぺりとした石みたいなものになってしまい、なんとつまらなくなるだろうとヤンブムは思った。丘に上がると、ヤンブムは羊の群れの後ろに回って立ち止まった。さて、羊たちをどこの草地へと追っていったものか。ヤンブムはその時、ふとヤンツォのことを思い出した。

ヤンツォの羊の群れはどこに行ったのだろう。ヤンブムはその場でしばし物思いにふけった。彼はヤンツォと一緒にすごすのが楽しみだった。彼女もヤンブムと一緒に羊を追うのが大好きだった。どうして一緒にいると楽しいのか、ヤンブムにもわからない。いずれヤンツォを嫁にもらえばいいじゃないと母親に言われるたびにヤンブムは恥ずかしくて何も言えなかった。順番では今日はヤンツォが羊の群れに水を飲ませる番なので、二人は会えなかった。ヤンブムは群れを追っていった。丘から降りて群れの方に向かい、ゆっくりと群れを追って山の斜面を上っていった。そこまでたいした距離はないので、他の羊飼いたちもいつも群れを追ってこのあたりまで来ている。ヤンブムはいつも他の羊飼いたちより先に、良い草と水のある谷まで行く。草と水は先に着いた羊飼いが自分のものにしていいことになっていた。ヤンブムは群れをゆっくりと追っていった。冬から春にかけての時期の羊は痩せて力がないので、急かしても何の得にもならない。何より大事なのは早起きすることだ。幼い頃のヤンブムはものを知らず、群れを一つに集めて急き立て、我先に良い草のあるところに辿り着こうとしていた。だが家畜の群れはゆっくり追うものだよと母親に諭されてからは、朝早めに出て群れをゆっくり追うようになったが、それでも他の羊飼いたちよりも先に到着することができた。ようやく朝日が差そうという頃に谷間に着き、ヤンブムは草の豊富な場所を独り占めすることができた。谷間は草原よりも日が当たるのが少し遅く、朝日が差す頃の風はひどく冷たい。どれほど冷たいか言葉では表せないほどだ。しかし冷たく刺すような朝の風も少し待てば穏やかになることをヤンブムはよく知っている。

「メェー」

背中のフェルトの袋から子羊がひっきりなしに啼いている。ヤンブムは袋から子羊を出して、母羊の前に置いた。

「メェー」

黒い角なし母羊が急いでやってきて、子羊の匂いをかぎながら周囲を回り、「メェー」と啼いた。朝の風はあくまでも冷たく、子羊はぶるぶる震えていて、足取りもふらついている。母羊がなめ残した羊膜が湿っているので、子羊の体は冷え切っているに違いない。しばらくすると朝方の谷の風はいつものように静まっていった。ヤンブムはちょっぴり嬉しくなった。彼はお天道さまが幼い子羊たちの命を守るために、特に目をかけてくれているものと思っていたからだ。

「メェー」

子羊の声も次第に力強くなってくる。ヤンブムは子羊の声に馴染んでいた。子羊の声は、小さな命が次第に成長していく喜びでもある。子羊の成長はまことに喜ばしいことではあるが、手放しで喜んでいいわけではないことをヤンブムはまだはっきり知らずにいた。成長した分、老いるのだ。老いたらその分、死に近づく。死ねば地獄に落ちるかもしれない。地獄に落ちたら灼熱と極寒の苦しみを果てしなく味わうのだ。菩薩でもないかぎり、仏の浄土に行くことはできない――。寺の偉いお坊さんがそんな話をヤンブムの父親に語り、母親がそのままヤンブムに語り聞かせたのであった。ヤンブムももちろんそれを信じていた。しかしよく考えてみれば、すべての命が成長できるわけでなく、この生まれたばかりの子羊もちょっと風雨にさらされただけで死んでしまうかもしれない。

「メェー」

ヤンブムの耳いっぱいに子羊の声がひろがった。

「メェー」

子羊の声も大人びてきている。成長することでヤンツォとヤンブムの二人にも青春の輝きが生じるのだ。だが、ヤンブムがヤンツォを嫁にもらうことはなかった。

ヤンツォは十五歳になる前によその村へ嫁に行ってしまった。しかし、草原でこのような運命にあうのは何もヤンブム一人ではない。ヤンブムの財産と言えるのはせいぜい自分の家の羊の群れしかない。一番のりで草地に着くことができたので、今日の勝利も彼のものだった。太陽の日差しがやわらいでくると、ヤンブムはゆっくり羊の群れのわきを通って山の頂に登った。上まで登って後ろを振り返ると、他の羊飼いたちがようやく谷口まで来ているのが見えた。頂に立つと自分が人と比べてひときわ高い位置にいることがありありと感じられ、ヤンブムは自信と気概に満ちた笑みを浮かべた。山頂に登ってふもとを見下ろすのはとても大切なことだ。下を見やると、ふもとの世界がおのが掌のようにくっきりと眼の前にひろがっている。谷の下ではたくさんのヤクが一夜をあかしていたので、糞もかなり落ちていた。女たちが燃料用の糞を集めに順番に谷の下に集まってきていた。ヤンブムは自分の羊の群れが草地に散っているのを確認して、地面に腰を下ろした。彼は足をくずしてゆったりと座ると、眼下で糞を集めている女たちの方を見やった。彼は一人一人の女たちの顔を見分けることができた。もしヤンツォが嫁に行っていなかったら、ここにいる糞集めの女の輪の中にいたに違いない。悔しくはあったが、今さらどうすることもできない。ヤンツォは嫁ぎ先へと去っており、ここに戻ってくることはないだろう。彼女は、金で嫁に買われていったのだ。金で買われた嫁はまさに人様へ召使にやったのと変わりなく、この地方のことわざでは、「大枚はたいて買った嫁は、仕事がなくても休ませるな」という。だから、ヤンブムが首を長くして待ちわびても、馬鹿をさらすだけだ。彼は、若い女たちの中から関係を持ったことのある者を指折り数えてみた。糞集めの女たちがあっちへ行ってしまうと、代わりに次の女たちがやってきて途切れることがなかった。

　空っぽの袋を脇の下に抱え込んだ女たちがまっすぐにヤンブムの方へと向かってくる一方で、腰をまげて一杯になった袋を担いだ女たちはヤンブムに尻を向けて去っていく。もちろんヤンブムの妻も袋を脇の下に抱えて糞を拾いに行く。家の掃除をし、食事を煮炊きし、水を汲み、乳を搾り、糞を集めることは女の仕事である。チベットの男たちが女の仕事をしないということはヤンブムもよくわかっていた。そのことは理に適っておらず、人様から批判されても仕方がないと思う。それは世の老人連中の定めた習わしにすぎず、男も女も口に糊するために働くことはあたり前のことだと彼は思っていた。ヤンブムの妻も集落の女たちと一緒に糞を集めていた。糞を集めて袋が一杯になれば、すぐにそれを担いで集落に戻り、食事を作り、それから夜にヤンブムが羊を追いながら家に帰ってくるのを待っているのだった。

「メェー」

子羊の細い啼き声が群れの中に響き渡る。ヤンブムは立ち上がって首を伸ばし、母羊と子羊がばらばらになっていないかどうかを確かめた。子羊が母羊と離れていないことを確認してほっとすると、そのまま座り込んだ。と、何人かの牧童がヤンブムのところにやってきた。彼らは皆ヤンブムの知り合いである。牧童たちは、いつも彼とどっちが早く草地に到着できるかを競っていたのである。彼らはヤンブムの傍らに腰を下ろし、囲碁で勝負して誰の頭が切れるのかを競い始めた。表面の平らな石を一つ持ってくると、その上を小石でひっかいて線を引く。彼らは掌一杯の黒白の小石を集めてきて、交互に囲碁を打ち始めた。ヤンブムも小さい頃は囲碁が大好きで、お婆さんたちに見せつけるようにして遊んでは自分の頭の良さを大いに自慢したものだった。実際、他の牧童たちは彼の相手ではなかったので、ヤンブムは彼らの前でも大威張りだった。

しかし今、囲碁で遊んでいる暇はない。大人になるとうんざりするほど家の仕事があるからだ。そこで彼はふところから子羊の皮を取り出し、手で揉みしだきながら子供たちが碁を打つのを眺めていた。ヤンブムは握力が強いので、子羊の皮をなめすのも手で揉むだけで十分だった。一頭分の子羊の皮をなめし終わると、別の皮を持ってきてなめした。子羊の皮は盛装用の着物を作るのに使う。軽くて暖かいので年寄りなら普段着にもうってつけだ。ヤンブムの母親は子羊皮の着物を普段着にすることもできないまま亡くなった。母親はヤンブムには子羊皮の着物を一着、ヤンブムの嫁にはよそいきの着物を二着あつらえてくれていた。しかし自分のためには新しい着物一つ作ることなくこの世を去ったのだ。ヤンブムは自責の念にかられた。母親とはこんなにも自分を犠牲にして子供たちのことばかり考えるものなのかと思うのだった。

「メェー」

子羊の啼く声が何度となく聞こえてくる。羊の群れというのは啼き声に満ちているものなのだから、何の不思議もない。ヤンブムは子羊の皮をなめし終わると、立ち上がって羊の群れを見やった。すると何匹かの羊が左側の尾根づたいに灌木の茂みの方に向かっていくのが目にとまった。ヤンブムはひやりとした。群れが茂みの中に入ってしまったら、背中の羊毛が茂みに引っかかって台無しになってしまう。ヤンブムは痛みをものともせず、雄叫びをあげながら茂みの中に駆け込んでいった。茂みの中は道もなくて歩きにくい。灌木からは角のようなとげがたくさん突き出ているので、羊毛が傷んでしまう。牧畜民の生活は羊毛と毛皮だけが頼りなのだから、羊毛がなければ収入のあてもなく、他に頼れるものは何もない。ヤンブムは普段からそのように考えては心を痛めていた。心配ばかりしているうちに髪に白いものがまじるようになり、額と目尻にはいつの間にやら馬の尻尾の毛を思わせる細い皺が無数に刻み込まれていた。

息を切らせながら走ったため、茂みの端に着いた時には口の中に血の味がしていた。若い頃のようにはいかないもんだと彼は思った。叫び声をあげて茂みから羊たちを下に追い出してようやく少々ほっとすることができた。ヤンブムは羊の群れを山腹の茂みぞいに時折移動させては、日なたに腰を下ろした。朝方の風は東南から吹くが、昼になったとたんに風向きは逆になり、北西から吹くようになる。これが空の澄んでいる時の風の通り道であることをヤンブムは知っていた。しかし夕刻の訪れとともに、山を渡る風が冷え冷えとしてきたので、ヤンブムは両の手をふところに突っ込んで、遠くを眺めた。高きに赴けば、低きが目に入るのがこの世の理、「世の老人たちも知らぬ世界を見たければさらに高みに行くがよい」というのはまこと正鵠(せいこく)を射たことわざではないか。そこにどうして誤りなどあろう。この世界が回転しているなんてうそっぱちだ。自分がいるこの世界が、卵のように昼夜なく車輪のように回り続けているという説をヤンブムは思い出し、思わず吹き出した。この世には人々を守ってくれる姿なき存在があるとヤンブムは信じており、子供たちに因果の理を説く時は、自分が教えられてきた通り「大麦の種をまけば大麦が生える」という譬えをひくのが常だった。ヤンブムはこれまでのように遥か彼方を眺めていた。だが彼方を眺めていても、昔と同じように景色が目に入ることなく、物思いにふけってしまうのであった。ヤンツォもきっとこの遥か彼方にいるに違いない。ヤンブムは生まれてからこのかた、故郷を一歩たりとも離れたことはなかった。ヤンブムの母親が、亡くなるまでひたすら願っていたことがあった。ラサの貴い釈迦牟尼仏にお参りしてそこに額づきたいと。しかし母はその望みをかなえることもできずにこの世を去ってしまった。これも一人息子の自分が非力だったせいだとヤンブムは思い、いまだ後悔の念にさいなまれていた。彼の表情が不意に険しくなった。両親に自分一人しか男の子がいなかったように、自分にも男の子が一人しかいないのはどういうわけだろう。一家に最低、男の子は二人必要だ。敵が現れたら味方してくれる者が、相談相手になったり競ったりする仲間がどうしても必要だ。これらはすべて天の神様の采配であるので、どうしようもないと思ったが、ヤンブムは納得しきれなかった。しばらくして、家で茶を沸かすための磚茶を切らしていたことに気づいた。ヤンブム夫妻は茶を飲むのが本当に好きなのだ。食後の茶さえ飲めば気持ちが落ち着くが、一口分の茶葉さえないとなると、ヤンブムはいてもたってもいられなくなる。一包みの茶をどうやって手に入れたものか。ヤンブムには今、茶を買う金もないのだ。

羊を全部売ってしまうわけにもいかない。もし季節が夏なら、羊毛を少し刈ってすぐに茶を買いに行けるのに。ヤンブムはまた、羊毛がなければ牧畜民は生活もできやしないと思うのだった。去年、羊毛を売って得た金もとっくに使ってしまった。穀物や油を販売する会社から穀物を購入して七百元、寺の集会堂建設に二百元の寄付、草地税と水税に二千元支払った。そのたびにヤンブムはうんざりする思いだった。いくら金があっても次々と支払い先が出てくる。支払い先があれば、金を出すしかない。彼は金のことばかり考えていた。金さえあればいつか息子に嫁をとることもできるからだ。息子に嫁をとるのには金が必要で、金が必要なら羊の世話をよくしなければならない。そして、ヤンブムが立派な羊飼いであることは誰しも認めている。彼が山の斜面で日向ぼっこをしていると、羊飼いの子供が何人も彼のそばにやってきて、いつものように昔話を話してほしいとせがんだ。子供たちはヤンブムの昔話を聞くのが大好きだった。「ウサギと母熊」や「狼が馬をぬかるみから救いだす話」などのお話に子供たちは夢中になり、昔話に耳を傾けている時にはまばたき一つしない。そんな様子にヤンブムは誇りと喜びでいっぱいになった。ヤンブムは昔話を語り終えると、子供たちにどのあたりに良い草があるのかを聞いた。すると子供たちは素直に教えてくれた。子供たちはいつでも彼の昔話を聞きたがっていたからだ。こうして自分が目にしたことのない良い草地があることを聞き出したヤンブムは、明日には羊の群れをそこに追っていく心づもりでいた。とはいえ子供たちの前では、そしらぬふりをして、自分はどこそこで放牧しているのだが、そこはひどく草が乏しく、草の状態も良くないと嘆いてみせるのだった。ヤンブムも年をとってこんな人間になってしまったのだ。

ヤンブムは子供たちと別れて、羊の群れの方に向かった。歩きながら、手にした数珠をつまぐりつつ真言を唱えている。母親が亡くなった時、ヤンブムは回向のために真言を一億回唱えることを誓っていた。これが母親に対して彼ができる唯一の恩返しであり、母親が浄土へ生まれ変わりますようにといつも祈願していた。

「メェー」

突然、子羊の声が遠くから聞こえてきた。驚いて見てみると、鷹が子羊を足で掴まえて空へと持ち去るところだった。「おいこら――」ヤンブムは叫ぼうとしたが声には力がなく、恐れおののいて右往左往しながら中空を見上げているしかなかった。鷹はおおよそ一千メートルほどの高さで旋回して、不意に掴んでいた子羊を落とした。ヤンブムはよろよろと走り出した。息はあがり、視界もぼやけ、大地が揺らいだ。よろめきながら子羊のそばへ駆け寄ってみると、子羊はとうにこと切れていた。それは、今朝のあの黒い角なし母羊の子であった。母羊が啼き声をあげながら群れの中で走り回っている。それは子を失った母の狼狽と悲嘆であった。ヤンブムは誰はばかることなく号泣した。彼は子羊の亡骸を抱き上げ、眉根を寄せながらじっと見つめた。それからヤンブムは、震える手で羊の亡骸を袋の中に入れて背負った。

「メェー」

ひっきりなしに聞こえてくるのは黒い角なし母羊の啼き声である。その啼き声は谷中に響きわたった。ヤンブムは心打ちひしがれて、斜面にいた羊の群れを下に追っていった。大きくなった子羊たちは連れ立って山腹を駆け回り、速さを競い合いながら、群れを下へと駆り立てている。育ち盛りの子羊は本当に可愛い。彼らは大人の羊と同じように顔をあわせると互いに角を突き合わせて遊んだりする。子羊は大きくなっても、まだ生きながらえる保証はない。春は大人の羊にとっても子羊にとっても苦難の時である。ヤンブムは、子羊の成長をはばむ二つの壁があると考えている。一つは生まれたばかりの時である。生まれてすぐ死んでしまう子羊は多く、経験のない若い母羊が世話を放棄したため飢え死にする子羊もいれば、乳を消化できずに腹を下して死ぬ子羊もいる。もう一つは、育ち盛りになった頃に迎える春である。枯れ草が尽き、青い草もまだ少ない春は吹雪になることも多いので、大人の羊にとっても子羊にとってもたいへん辛い時期なのだ。ヤンブムは子羊たちのことを心配しながら、春を恨めしく思った。とはいえ春が来なければこの世は常冬になってしまう。冬に終わりがなければ、いかに厳しく恐るべき事態となることだろうとヤンブムはいつものように思うのだった。自分には計り知れない理不尽なことばかりだ。思いを巡らしているうちにげっそりしてきた。ヤンブムはため息をつきながら、額に手をかざして下界を見やり、太陽がゆらゆらと西の山の端に近づいていることに気づいた。そろそろ羊の群れを谷底に追っていかないといけない。暮れなずむ太陽が山も谷を金色に染め上げ、冬の終わりの季節にほんの少しの暖かみを添えている。ヤンブムはゆっくりと山の斜面から谷まで羊の群れを追っていった。谷間の草地は絹の敷物を敷いたかのように穏やかで柔らかだったので、少しほっとする思いだった。草地に着くとすぐ、ヤンブムはいつものように皮衣の帯を解き、周囲を見回してからさっとしゃがんで用を足した。羊たちは主人の心を理解しているかのように、ゆっくりと家の方に向かっていった。

「メェー」

たくさんの母羊が啼きながら、群れのあとを右往左往しながら自分の子羊を連れて歩いていく。ヤンブムは前屈みになって羊の群れの後を追いながら、額にぎゅっと皺をよせ、ため息をついた。この年になると、何をするにも気ばかりはやって体が追いつかない。

「メェー」

母羊はひっきりなしに啼きながら幾度も走ってきては、子羊の周りを回り、匂いをかいでいた。ヤンブムは夕方帰途につく時も、朝方と同じように羊の群れをゆっくり追っていった。羊の群れは自由気ままに草を食べつつ戻っていき、ヤンブムは休み休み戻っていく。両者の呼吸はぴったりあっていた。羊の群れは我が家にほど近い、村はずれの丘の上まで戻ってきた。その昔、この丘はとても大きく感じられたものだが、今ではずいぶん小さく感じられる。当時のヤンブムはとても幼かったから無理もない。人は歳をとるのにあわせて意識も徐々に変わっていくようだ。そんなわけで今や、村人たちは口をそろえてヤンブムをお爺さんと呼び、ことあるごとに彼に忠告を求めてくる。羊の群れは丘からゆっくり下りていく。

「メェー、メェー」

母羊と子羊の騒がしい啼き声は、夕闇迫りつつあるこの地に荘厳な調べをもたらしていた。丘からさらに先に進むと、我が家の黒テントの姿がはっきり視界に浮かび上がってきたので、ヤンブムの体にも力が湧いてきた。黒テントが目に入ったところで、彼は羊の群れを残し、背中をまるめて数珠をつまぐりながら、自分の家へと戻っていった。歩く際にも目の前の地面だけをじっと見つめ、家に目をやることはなかった。もうすぐ家にたどりつこうとするところで、息子の嫁が出てきて彼を出迎えた。ヤンブムも慣れきった様子で挨拶を返した。嫁は家の切り盛りに長けていただけでなく、夫のことをとても敬い、ヤンブムのこともいつも大切にしてくれた。ヤンブムも嫁とはこうあるべきだと思っていた。

ヤンブムは家の中に入って、かまどの前に敷いた羊の皮の敷物の上に座り、思わずほっと息をついた。かまどの火を掻いている最中にふと息子が羊小屋に家畜を連れていったまま戻ってきていないことに気づいた。息子はいつもヤンブムにそろそろ引退してくれ、代わりに自分が家畜を放牧に行くからと言っていたが、ヤンブムは息子の手に家畜を委ねる気はなかった。息子はまだ経験も浅く、放牧などできないと思っていたのだ。ヤンブムは嫁が茶を沸かして食事の準備をしているのを見て、いたくご満悦だった。息子も嫁もそろそろしっかりしてきたじゃないかとヤンブムは思った。ヤンブムは帯を解き、子羊皮の着物を羽織ってくつろいで座り、さらに物思いにふけった。人の問題というものは尽きることがない。

ヤンブムは、妻がまだ生きていたらどんなによかったのにと思った。自分に嫁が来てから実母が毎日の糞集めに行かずにすむようになったように、息子に嫁が来てからというもの、ヤンブムの妻も家事にいそしむ必要がなくなった。家族全員の食事の用意、雌ヤクの乳搾り、ミルクの攪拌(かくはん)、糞集め、羊毛の糸紡ぎ、機織りなどの仕事はどれもとても重労働だ。生前の妻が心を込めてこまごまとした家事をやってくれていたことをヤンブムは何時でも忘れることはなかった。彼は今なお、自分の妻は最高の嫁だと思っていた。今となっては昔より愛おしく思われる。もちろん、妻の姿を再び目にすることはかなわず、自分もこんな歳になってお迎えも近いことは承知していた。老いた自分は、言ってみれば「山頂には陽だまり、山の端(は)には夕暮れの翳(かげ)」なので、これからはあちこちに巡礼に出かけて来世のために善行を積んでおかなければならないだろう。高僧が「いつでも功徳を積んでおきなさい、もう遅いくらいだ」と言うのを聞くとヤンブムは焦りを覚えた。嫁が出してくれた夕食を終え、ヤンブムは、息子も嫁もすでに助言など必要としない年になったなと思うのだった。もう羊の世話は息子にまかせよう。幼い時から羊を追いつつ生きてきた日々を自分は決して忘れることはないだろう。今となっては息子も成長したし、孫まで生まれたので、自分が羊を追えるかどうかなど気にする必要もない。そう思うと、ヤンブムの心にはようやく嬉しさが込み上げてきた。今や体力も衰え、視界もぼやけてしまっている。家の中からでは、羊小屋の中の子羊もはっきり見えないほどになってしまった。息子もこのくらいの数の羊の群れを孫に継がせてやってほしいものだ。ヤンブムはしばしば物思いにふけるのだった。孫はどんな羊飼いになるのだろうか、立派に羊を追えるだろうか――。そんなことを考えているうちに、徐々に日は暮れていった。

　そして、全てが闇につつまれたのである。

སྒོ་ཁྱི 番犬

朝日が差すと、「四つ目」の犬〔両目の上にぶちのある犬で、目が四つあるように見える〕が向こうの沼沢(しょうたく)にむかってよろよろと歩きはじめた。

二日間の旅の間ずっと荷駄(にだ)を見張ってきた俺は、この宿営地に着いた頃には疲れ果て、舌をだらりと垂らさずにはいられなかった。道中、いけ好かないあの男を吠えたてて、やつを馬から引きずりおろしてやった。この出来事については、後でぼちぼち話すとしよう。正直に言うと、俺は一晩かけて考え抜いた挙げ句、この宿営地と、向こうの沼沢に注ぎ込む小川、そしてこの地で起こった事件についてようやく納得することができたんだ。

さっきテントの入り口まで行ってみると、俺の主人が不機嫌な様子でぶつぶつ呟いていていた。俺の姿を見るや、怒ったようにさっと立ち上がると、入り口近くの棒杭に右手を伸ばし、ヒュンと投げつけてきた。慌てて身をかわしたので、棒杭は風のように毛先をかすめただけで体にはあたらなかったが、俺はその場から逃げざるを得なかった。主人を恨みに思ったわけじゃない。本当さ。俺にはなんで主人があんなに怒っているのかも分からなかったんだ。

俺は向こうの水辺に行き、二つの積み藁の間に寝ころんで、テントの方を遠目に眺めながらひじの裏をぺろぺろとなめていた。主人はまだテントの外を憤然とした様子で行ったり来たりしていた。脂まみれの黒い上着に日の光があたってゆらゆらと光っていた。俺は急に悲しくなった。昔から悲しみなんてものとは無縁で、ただぼんやりと、このテントを守ることこそが俺の人生の第一の仕事なのだと思っていた。でも主人が他人の顔色をうかがって蒼ざめていたあのとき、俺を叱りつけて思い切り棒杭で叩いてきたあのとき、ようやく俺も悲しみの感情ってこういうものかと思い知ったんだ。

悲しみを最初に味わったのもこの草原だった。あれは去年の夏のことだった。

その日はとても暑い日だった。俺はテントの入り口の日影に入り込み、暑さをしのいでいた。テントの中は静まり返っていた。主人は荷物の山を背もたれにして座り、数珠を繰りながら真言を唱えては口を大きく開けてあくびをし、手で顔をぬぐったりしていた。主人の息子が駆け寄ってきて、裸のまま俺の背中にまたがり、お馬さんごっこをはじめた。本当にかわいい坊やだ。

しばらくすると外から呼びかける声が聞こえて、俺の遊び相手も俺の背中から降りた。耳慣れない声だなと思ったので、俺はすぐに長年の訓練で身につけた体のバネを活かして外へと駆けだした。客人は、この家を訪ねてきてはいつも巧みで親しげな言葉を操る土地の顔役だった。去年は雌ヤクを、おととしは肥えた羊を、その前の年は羊毛をひと抱え持っていきやがった……。今回はいったい何を……。そのとき俺は目の前で稲妻が光ったように感じ、ためらうことなくやつに飛びかかった。やつは天地がひっくり返ったみたいな悲鳴を上げて思い切り後ずさりしたんで、手にしていた太い手綱に足をとられ、「あ!」と叫んでひっくり返った。後ろから主人の声がしたので俺も我に返って、主人の妻が首根っこをつかんできたのにあわせて、尻尾をぶんぶん振って口をつぐんだ。しばらくすると顔役は「ふう」と言いながら立ち上がった。主人がやってきて、やつの上半身の砂ぼこりをはらい落としてやると、やつは恐怖に顔をゆがめ、俺と出くわしたときのどうしたらいいのか分からないような表情をまた浮かべて、主人を指さしながら叱りつけた。主人は蒼い顔をして、自分の落ち度を認めたかのように頭を下げていた。

顔役は怒り心頭に発して何度か叱責の言葉を吐くと、すぐにきびすを返して帰ろうとした。主人も「そこを何とかお願いします」とか何とか言いながらやつに抱きつこうとしたけど、やつはそれをはらいのけて、馬にまたがって行ってしまった。俺の望みどおりになったわけだ（ああいう輩は大嫌いだからね）。主人はいらいらして、また腹を立てて俺をあれこれとどなりつけ、蹴りつけようとしてきたので、妻が俺を逃してくれた。主人はすぐに入り口のところの棒杭を取り上げて投げつけてきた。俺はガルルとうなりながらよけたのであたりゃあしなかったが……。

このことが禍根となったんだろうか？

もうお昼になってしまった。俺もまたよたよたとテントの入り口の影のところへと歩いて行った。入り口のところには棒杭がなかったので、俺は両の前足の間に口を載せて寝そべり、主人の表情と行動を見つめていた。坊やが走ってきて、ツァンパ団子を一つくれて俺の頭をなでてくれたんで、言葉にできないくらいの信頼の気持ちってもんがわいてきた。主人は俺には目もくれず、暗い顔つきをしていた。

しばらくすると、向こうの方から二人の男が一人、また一人と馬で駆けつけてきた。主人が俺を睨みつけるので、俺もゆっくり立ち上がって伸びをしてからよたよたと近づいて行った。ただ見ていただけで、二人のもとに駆け寄ったりはしなかった。

二人がテントに入ったとき、やつらが誰だか思い出した。ゆったりとした衣に身を包み、長い刀を斜め掛けしている方は、昨日の坊さんの連れだ。主人はまたしても恭しく膝を曲げて招き入れたけれども、二人は表情一つ変えなかった。

俺はテントの入り口に近寄り、中の動きを影で追った。主人は引きつった笑みを浮かべ、客人の顔には胡散臭い表情……。誰もがお茶だけはがぶがぶ飲んでいた。俺の遊び友達の坊やは主人の前に行っては主人の顔を見上げ、ときおり客人の顔を見つめていた。話し合いが終わり、主人が外に出ていくと、男たちはほくそ笑んだ。俺は怒りをこらえながら、痛む前足をなめていた。

少しして主人がまるまる太った羊を連れて戻り、左側の子牛つなぎにくくりつけた。中に入ると皆の歓声が上がった。それは昔の、敵味方の間で話し合いがまとまったときの合図と同じだ。俺は堪えがたい苦しみを感じた。

昨日、あいつと一緒に来たのは坊さんだった。その坊さんは尻尾にきれいな飾り布を編み込んだ白馬に乗って、俺の脇を馬に乗ったまま駆け抜けた。あまりにもすかした野郎に見えたので、つい衝動的に飛びかかってしまった。俺にもなぜなのか説明できない。この間主人が招いた坊さんに似ていたからかもしれない……。そいつは、俺が鼻をくんくんいわせながらテントのそばで寝そべって食い物を探しているときに、明るい火の前で脂ののった肉を食べていたんだ。一口……二口……四口……。いつもなら俺のものになる残り物のスープもやつのラバめに飲ませやがった。ごくごく、ごくごく……。その光景が次から次へと思い出されてくると、俺はたまらず飛び上がり、白馬の尻尾に噛みついちまったのさ。主人たちが大勢でわあわあ言いながら駆け寄ってきた。

馬は慌てふためき、坊さんは袈裟をひらひらさせながら落馬してどさっと地面に倒れ込んでしまった。もくろみは達したんで、主人と坊やのもとへ駆け寄ろうとしたら、主人は俺のことを叱りつけながら平たい石を投げつけてきた。それが俺の前足の関節にあたってね。はじめは痛みも感じなかったんだが……。

このことが禍根になったんだろうか？

主人はふたたび荷物の脇から、革ひもをとって外に出て、まるまると太った羊を乱暴に押さえて縛りつけた。二人の客人もようやく外に出て、裾をひるがえして馬にうちまたがった。主人はよいしょと羊を持ち上げて、あのたかり屋の膝の上に乗せた。二人は家畜囲いにそってすすんでいった。

俺はじっとしていることができず、思わず馬上の二人の後を追って駆けだした。堪えきれなかったんだ。一歩進むたびに、俺の前足がどれほど痛んだか、誰にも分かるまい。俺が最後に何をやらかそうとしていたか、主人には想像もつかなかったんじゃないか。なんとかしてたかり屋のやつに追いつき、馬の尻尾にがぶりと噛みついてやった。その瞬間、馬は驚いて、俺の胸に天地がひっくり返るほどの強烈な蹴りをいれてきた。俺は蹴倒された。このときはじめて恐怖と苦しみがふつふつと沸き上がってきた。主人も後ろから走ってきていた。なんとか起き上がって、そのままつづけて何歩か歩こうとしたとき、主人が左側から石だか棒杭だかを投げつけてきて、それが頭だか、胸だか、前足だかにあたり、俺は倒れ込んでしまったようだった。何も覚えていない。

頭の中も耳の中も、うわんうわんという音が鳴り響いていた。どのくらい経っただろう。俺の遊び友達の……裸の坊やが遠くから、かすかな声で俺を呼んでいるのが聞こえた。俺も子犬のときのように、尻尾をふって喜びの色もあらわに坊やのもとに駆けだして行こうか。いや、そんな幸福な時代とは、もうおさらばしなければならないようだ。呼び声は次第に泣き声へとかわり、刻々と風に押し流され、はるか彼方へ消え失せていった。

太陽が西の山に沈むとき、遠く水辺にぽつんと見えるは犬の屍のみ。

ཁྱིས་པ་དང་མི་འཁོར།

貨物列車

一本の線路が、山脈と草原を貫いて、遥か東南の彼方から西北へと直線でも引いたかのように伸びていた。傍らの丘の上では、六、七歳くらいの子供が二人、ままごと遊びに熱中していた。彼らは行ったり来たりしながら石でかまどをつくっている。ズボンをはいていない小さい子は、東の山あいのところに黒いテントを張っている一家の子である。汚れて灰色になった皮衣をまとっている子の家は丘の下の窪地にあったので、ちょうど中間のところにあるこの丘は、二人の毎日の遊び場になっていた。

「兄ちゃん、こんにちは」お尻丸出しの子が駆け寄ってきて、まるで旅人がやってきたみたいな様子で挨拶をし、あぐらをかいて座り込んだ。

「やあ、お茶でも飲みなよ」灰色の皮衣の子が急いで立ち上がり、平らな石の上に砂を注ぐと、まるでそれがお茶であるかのように差し出した。

「父さんはどこに行ったの？」

「飴を買いに行ったよ」

次に、灰色の皮衣の子が遠くからやってきた旅人をよそおって駆け寄り、あぐらをかいて座り込み、「やあ、新年おめでとう！」と言った。

「おめでとう、おめでとう。さあ、肉でも食べな」お尻丸出しの子が急いで立ち上がり、欠けたお皿に小石を盛って、まるでお正月のごちそうみたいにして皮衣の子に差し出した。

「父さんは？」

「果物を買いに行ったよ」


正午も近くなって、雲が太陽にかかった。ゆらゆらとした黒い影がまず丘の上を覆い、それから徐々に南の方へと流れていったけれど、線路は依然として黒々とした姿をさらしている。二人の子供も向かい合って座ったまま相変わらずままごとに熱中しており、とりとめもないおしゃべりをしていた。

「兄ちゃんの父さんが帰ってきたら、ぼくにも飴をくれるかな？」

「ぼくがあげるよ」

ブォー……。しばらくすると、西北の方から貨物列車がけたたましい音をたてながら、物資を満載した車両を連ねて現れた。灰色の皮衣の子はぴょんぴょんと跳ねまわりながら、

「ぼくんちの列車が来た！」と言った。

「兄ちゃんちのなの？」お尻丸出しの子が、よくわからないながらも恐れ入ったような様子で舌を出して言った。

「ぼくんちの方から来たんだから、ぼくんちのなんだ。君んちの方から来たなら君んちのだよ」

「それじゃあ、あの列車は何を運んでいるの？」

「飴と果物だよ」

またしばらくすると、今度は東南の方からも貨車を長く連ねた列車が姿を現した。お尻丸出しの子が「ぼくんちの列車が来た！」と大声をあげてぴょんぴょんと跳ねまわった。灰色の皮衣の子は手を叩きながら、「へへん、君んちの列車は空っぽだね」と言った。

列車は子供たちのいる丘のふもとを直進していったので、車両は二人の目の前を通り過ぎて行った。お尻丸出しの子は、灰色の皮衣の子の言ったことが本当だとわかり、目前を通り過ぎる空っぽの貨物列車をしばらく眺めてから、突然泣き出した。

「おい、泣くなよ、泣くことないじゃないか」灰色の皮衣の子が何とかして泣きやませよ

うとして、「父さんが帰ってきたら、君にもおもちゃをあげるよ」と言った。

「ぼくんちの列車は飴を積んでいないんだ」お尻丸出しの子は手で涙を拭いながら言った。

「さっきのは冗談だったんだよ。それより父さんが言うことには、君んちの方から来たあの列車は、なんと北京から来たらしいよ」

「本当?」

「本当だよ。母さんの肉に誓ってもいい」灰色の皮衣の子は言い、もっともらしく頷いてみせた。

「そいつはすごいや!」お尻丸出しの子は喜んで、大声を上げながらぴょんぴょんと飛び跳ねた。

二人の子供はまた元の通り、そこで遊び始めた。

ཁྱི་དང་བདག་པོ། ད་དུང་གཉེན་ཚན་དག

犬と主人、さらに親戚たち

慈悲深きお釈迦様はおっしゃった。「生きとし生けるものすべて、自らの母にあらざるものはなし」と。偉大なるお釈迦様のこの貴いお言葉のなんと感動的なことか。ところが今年の春、花のごとき美女を娶ったクントは、自分の老いた母を家から追い出してしまったのである。この一件に村は騒然となり、噂は人の口から口へと風のように広まって収拾のつかない事態となった。老人たちの中のある者は腹にすえかね、わざわざクントに忠告をしに行った。

一人の老人は「クント、この人でなしめが！」と言い放った。

クントは言い返した。「人でないって言うなら、この俺は何だっていうんだ？」

老人は「犬畜生だ！」と叱りとばした。クントは動じる様子をこれっぽっちも見せずに

「そりゃそうさ。俺の前世は犬なんだから」と答えた。

老人たちは面食らって、「お前は自分の前世が犬だと言うのか?」と問いただした。

クントは軽く頷き、大真面目に「そうだ。俺は赤い雌犬の生まれ変わりだ」と答えた。

その言葉を聞くや、期せずしてどの老人たちの脳裏にも、あの年の「犬殺し運動」と「赤い雌犬事件」という忌まわしい出来事がまざまざと浮かんできてみな震えあがった。

そして、「ああ、観音様、お助けを。『人として生まれ変わる前にまず犬に生まれる』というのはどうやら本当のようだ」ともらして、長いため息をつきながらそれぞれの家へと帰っていったのである。だが家に着いても落ち着かず、再び話し合って、何人かで寺に行き、高僧のジャンジン師に占いをしてもらった。

高僧は目をつむって「生きとし生けるものすべて、自らの母にあらざるものはなし。クントの嫁とやらも彼の前世の母であったのかもしれぬ」と言った。

老人たちはたまげて、「クントの嫁があの赤い雌犬の母だったとおっしゃるのですか?」と訊き返しながら、互いに顔を見合わせた。

高僧は頷きながら、「だが、今生での母を母と認めぬとはまことに嘆かわしい。それもこれも輪廻を生きる者の愚かさであろう」と言った。

老人たちは再び「ならば我々はどうすればよいのでしょうか?」と真剣に尋ねた。

高僧は笑みを浮かべ、しばらくの間黙っていたが、「俗世を捨てたわしのような者にはいかんともしがたい。そういうことは長老であるあなた方がなんとかするがよい。そうするしかないのだよ」と言った。

そんなわけで、老人たちは八方ふさがりのまま戻ってくると、村の真ん中に突き出た丘の上に集まって何日間にもわたって対策を話し合った。その結果、クントの母が家に戻れるように、まずクントを「平和的な」やり方で何度か説得し、それでも耳を貸そうとしないなら、それ相応の「手荒な」手段をとることになった。誰がこの責務を引き受けるかについては、クントの父方のおじのジグメがいいと言う者もいれば、母方のおじのロジャムの方がいいと言う者もおり、またクントの親族ではない村長のカテがふさわしいと言う者までいて、なかなか決まらなかった。そこでくじ引きをしたところ、ロジャムに決まった。

ロジャムは苦渋の思いでその任を引き受け、重い気持ちを引きずりながら家路についた。道中ずっと、「俺は赤い雌犬の生まれ変わりだ」と言うクントの言葉が耳から離れなかった。

「犬殺し運動」は文化大革命の前夜にこの大草原地帯におしよせた運動であったが、この運動自体は文革と特に関係はないようである。「犬殺し運動」の最初のきっかけは、山向こうから派遣されてきた役人が行方不明になったことだった。この一件を上層部にすぐさま報告したところ、上層部は調査を重ね、役人は狂犬に噛まれ、失踪したのだという結論に達した。県委員会の趙書記はたちどころに会議を招集して「犬殺し運動」をすみやかに展開するように指示し、通達文書を全人民公社に配して、県や保健所から人を募って部隊を作り、それぞれの公社に派遣した。その際、一人一人を銃、衣服、マスク、手袋、眼鏡などで完全武装させたので、目にした者はたちどころに、長きにわたる特殊な闘いが迫りつつあることを肌身でもって感じたにちがいない。

「犬殺し運動」部隊が村に到着したのは秋も深まった頃だった。部隊は秋の草原に大挙して到着した。彼らは村に着くやすぐテントを張り、村にいる白髪の老人から歯の白い若者にいたるまで老若男女一人残らず招集するよう、各方面に急いで使者を送った。これまでさんざん恐ろしい光景を目にしてきた分別ある人々は、またもや大変なことがふりかかってくるのではないかと訝り、戦々恐々として家に身をひそめていた。老人たちはこのところどこに姿を隠したかもわからぬ仏に祈りを捧げつつ、嵐のごとく何か恐るべき災厄が吹き荒れぬことを願いながら首をすくめるように生きていた。その時の「犬殺し運動」の隊長は王大海なる中年の男であった。部下はみな彼を王隊長と呼んでいた。王大海は足が不自由で、背が低く太っており、自分が革命戦士であることを示す大切な証であるかのように、常日頃からカーキ色の軍服を一式身に着けていた。その村に赴く前から彼の名は巷にとどろいていた。若い時から人民解放軍の輸送部隊の一員としてたくさんの戦争を経験しており、足が不自由になったのも蘭州解放の折に国民党軍の放った流れ弾が当たったからだという。解放後、政府は彼を退役させようとしたが、自ら志願してこの地に派遣されてきたらしい。その仕事ぶりは、趙書記の命令に唯々諾々と従うものだったため、書記のお気に入りであり、この地方の有名人でもあった。

「犬殺し部隊」は集落の中央にテントを張って宿営を設置した。ヤクや羊に草を食ませていた村人たちも夜になると家畜を囲いの中に集め、夕食を済ませてから、一人また一人と宿営に集まってきた。晩秋の夜の冷気は厳しかったけれども、王隊長の心は炎のように燃え盛っていた。テントの外には発電機を設置し、灯りの下に机一つと何脚かの椅子を置いていた。王隊長は真ん中に、その傍らには生産隊〔人民公社の基礎となった村の生産組織〕の隊長であるクントの父と、何人かの隊員が座った。集会が始まると王隊長は言った。「同志たちよ。今回わしがお前たちの集落にやってきたのは重要かつ極めて緊急な案件のためである。わしは趙書記の命令によって派遣されてきたので、その命令を実行することがわしの任務である。何人(なんびと)であれ『反対だ』とか『不可能だ』などと言うことは許さん。もしそんなことを言う者がいれば、それは趙書記に正面から反抗することになるし、革命に真っ向から反対することにもなるぞ」村人たちは、またどんなひどい厄介ごとが起こるのだろうと恐れ、伏せた顔をあげることもできずにいた。王隊長は集まった者たちの表情をうかがってから、はやる気持ちをおさえて、ゆっくりとした調子で続けた。「いいか、みんな。今我々の目前に恐るべき危険が迫っている。それは狂犬病だ」そして決然とした表情を見せて言った。「我々は趙書記から狂犬病を必ず食い止めるようにとの指令を受けた。みなの責務は各家庭で飼っている犬をすべて殺すことである。この遊牧地ではどの家も犬を飼っており、飼い犬には愛着があるだろう。一番よいのは各家庭で毒殺することだが、それができない場合は、他の手段を講じて自分の家の犬を殺してほしい。今日を初日、明日を二日目とし、明後日の三日目以降は、犬を見かけたらすべて銃殺する」

ロジャムが腑に落ちない様子で「犬を皆殺しにしてしまったら、どうやって狼の害を防ぐんだ」と訊くと、クントの父はロジャムをにらみつけた。

王隊長は意に介さず「狼は人が対策を講じればよい。しかし、狂犬病というものは人にも家畜にも大きな害を及ぼすのだから、我々はより重大な問題を優先すべきだ」と言った。

あえてまた質問を口にしようとする者はなく、みなうなだれて、王隊長の話を傾聴していた。それに勢いづいた隊長は今回の案件の重要さを再び強調し、この運動はひと冬の間に展開し、春まで途切れることなく続けていかなければならない、いずれにせよ、任務をすべて完了するまで帰ることはできないと言い放った。最後に、王隊長はクントの父を今回の「犬殺し運動」部隊の副隊長に任命すると人々の前で宣言したため、クントの父もそれを承諾するしかなかった。

ロジャムは一晩中まんじりともできなかった。彼の家には赤毛の雌犬がいたからだ。雌犬はもともと山から迷い込んできたのだが、いつのまにか自分の家に居ついていたのだった。日ごろから家畜囲いのそばに寝て、羊の群れを護ってくれていたため、ロジャムとしては可愛くてならず、食事をする時はいつも雌犬に一口わけてやる習慣さえできていた。しかし今回、殺処分が決定したからには、自分が手を下さないとしても隊員たちの銃口から逃れるすべはあるまい。一晩中思い悩んだがよい考えは浮かばなかった。

翌朝、夜明けとともにロジャムは朝食もそこそこにクントの父の家へと急いだ。自分の姉がクントの父と結婚していたので、いつも大きな問題が起きるとクントの父に相談をしていたのだ。クントの父は真っ正直な人で、頭が切れるわけでもなし、弁がたつわけでもなかったが、お上の命令がどんなものであっても懸命に取り組むタイプであった。ロジャムがこんな朝早くに突然やってきたのを彼は不思議に思ったが、すぐさま家に招き入れ、妻に茶を持ってこさせた。ロジャムはしばらくの間どう切り出したらよいかわからず、じっと茶碗の中を見つめていた。そして口にしづらそうに、「俺にはとてもうちの犬を殺せそうもない」と言った。

その言葉は銃声のようにクントの父の耳朶を打った。彼は信じられないというように目を見張り、「何を言っているんだ。お前は部隊の決定に抗おうとでもいうのか」と言った。

そう言われてはロジャムも返す言葉がなく、口から出まかせで「あの赤い雌犬は俺の母さんの生まれ変わりなんだ」と言ってしまった。ロジャムの姉は「えっ！」と声をあげた。

クントの父はもっと驚いた。目の前の人物が口にした言葉がまるで外国語のようで、からっきし理解できなかった。しばらくして彼は気を取り直し、声を低めて「お前は趙書記に反抗するつもりか？ 革命に反対するつもりなのか？」と反論したが、すぐさまロジャムが怖気づくのは無理もないと思い直し、「もちろんお前の心境は理解できるよ。でもな、お前が手を下さなくてもあの犬は部隊の銃口からは逃れられないんだぞ」と言った。

ロジャムはその言葉を待っていたかのように、即座に顔をあげて「そこで俺は相談しようと思ってここに来たんだ」と言った。その眼には奇妙な光が宿っていた。

クントの父は困り果て、しどろもどろに「だ、だけどな……お、俺は犬殺し部隊の副隊長なんだぞ」と言い終わると同時に考え込んでしまった。

ロジャムは懇願するかのように顔を近づけて「だからさ、俺の家に犬がいるってことをそもそも報告しなければいいんだよ」と言った。

「どういうことだ?」クントの父はロジャムの言ったことが理解できず、訝しんだ。しかし、すぐにロジャムの言った通りにしようと約束して、「でもな、お前も『犬は誰かの生まれ変わりだ』とかなんとかややこしい話をしたらだめだぞ」と釘をさした。

その日から、想像を絶する凄惨な運命が、避けるすべもない災厄が、飼い犬、野良犬を問わずすべての犬にふりかかった。「犬殺し運動」部隊員たちはまず、村のはずれをうろついている野良犬を見つけるやその場で銃殺し、さらにその肉を焼いて食べたり、敷物をつくるために皮をはいで保管したりと大忙しになった。村人たちのある者は自分の家の番犬を銃殺するのは見るにしのびないと毒殺し、ある者は毒を食わされては犬は苦しかろうと思って鎖をほどいて外に放ち、部隊に殺させたりした。こうして村の周辺では一日中、銃声と犬の悲鳴が途絶えることなく響いていた。ロジャムは赤い雌犬を家の中に匿って、不安のあまりびくつきながら、村で起こっている出来事に耳をそばだてて過ごした。夜になって人がみな寝静まると、赤い雌犬の首に鎖をかけ「人には知られず、化け物にも感づかれず」の体でこっそりと村を出て、バヤンカラ山の左の谷へと入っていった。道すがら誰かに感づかれるのではないかと恐れ、幾度も後ろを振り返り、心の中ではずっと祈りの文句を唱えつつ進んでいった。谷の中ほどに到達すると、緊張も徐々にほぐれ、どっと疲れが出てきたので、地べたに座り込んでしばし休息をとった。ロジャムは赤い雌犬の頭をなでて「かわいいわんこや。これからは村に来るんじゃないぞ。俺がお前をこんな風に山に捨てるのは、お前のことが可愛くないからじゃなくて、お前の命を守るためなんだ。これからはお前一人で生きていくんだぞ……」と言いながら、首の鎖を外した。ロジャムは後ろ髪ひかれる思いでしばしその場に留まった後、名残惜しそうな様子で立ち去った。おそらくはロジャムの言葉を理解したのだろう、雌犬も彼の後を少しだけ追ってからその場に立ち止まって彼の背中をじっと見つめていた。

王大海という隊長は一切の妥協なく仕事を進める人で、村に入って三日目から、各家庭で犬を匿っていないか調査を始めた。飼い主がかわいそうになって殺しきれなかった、あるいはうまくいかずに殺せなかった犬は、鎖につないだまま家畜囲いの端で、あるいは村はずれの草原に連れていき、銃殺した。王隊長はさらに、飼い犬を殺すにあたっては何としても銃弾一発で殺すこと、もし一発で殺せなければ二発目は必ず犬の頭部を撃ってかたをつけるようにと命令した。彼の部下とともに忠実に命令に従っていたクントの父は、しまいには兄のジグメの娘で八歳になる姪が可愛がっている小さな愛玩犬（ハバ）も殺さねばならないと言い出した。それを聞いた姪は犬を抱きしめて、泣きながら身を挺して犬を守ろうとした。家族が説得しても聞き入れようとしないので、隊員たちも手の出しようがない。クントの父はうまいことを言って何とか姪を言いくるめようとしたがどうにもならず、焦って怒った顔をしてみせ、「犬を手放せないようじゃ、俺の姪っ子とはいえんぞ」と脅した。

姪はどうしても犬を手放そうとせず、泣きじゃくりながら「あたしのわんちゃんを殺すなら、あたしのおじちゃんじゃない」と言い返すのだった。

「縁を切る」と言ったところで親族の仲は簡単に切れるようなものではない。クントの父は姪が泣き叫ぶのも無視して羽交い絞めにし、部隊の隊員に命じて犬を奪い取らせ、外に連れ出して一発で撃ち殺した。銃声が鳴り響くや、姪はクントの父の手からすり抜けて外に飛び出し、ぶるぶる震える手で小さな犬の亡骸をぎゅっと抱きしめ、心臓から絞り出すような悲鳴をあげて、気絶せんばかりとなった。姪の両親と二人の兄はみな姪を家に連れ戻そうとしたものの、姪が犬の亡骸を抱きしめて放そうとしなかったため、ついに兄たちも一緒に泣き出してしまった。クントの父と隊員たちは見るも無残なこの情景をふぬけたように見守っていたが、ついにいたたまれない様子で互いにちらちら視線を交わしながら、足取りも重く宿営の方に戻っていった。半日ほど過ぎ、姪は涙も枯れ果てたのか泣き声も出さず、うつろな目をして茫然と座り込んでいた。口では「あたしのわんちゃんを返して。あたしのわんちゃん……」とぶつぶつつぶやいている。父のジグメはその機会をとらえて、こっそり犬の遺骸を人目につかないところに持っていき、シャベルで地面に穴を掘って埋めた。それからというもの、幼い姪は家の中にあるものを適当に抱き上げては、子供をあやすように「あたしのかわいいわんちゃん、誰にも連れて行かせたりしないから。かわいいあたしのわんちゃん……」と言っては、いかにも嬉しそうにけらけら笑うようになり、みな彼女が正気を失っていることを悟ったのであった。

ロジャムには「人として生まれ変わる前にまず犬に生まれる」という言いならわしはひょっとして真実なのではないかと思えてならなかった。甥のクントの口から洩れ出た「俺の前世は赤い雌犬だった」という言葉が気になって仕方なく、いやがおうにもその言葉が心に蘇り、その度になんとも知れぬ不気味さを覚えるのであった。とはいえ懸案となっているのはクントが何の生まれ変わりかではなく、いかにしてクントの母をクントのもとに戻すかである。今、クントの母はロジャムの家に住んでいる。人一人養う分にはなんの心配もないが、それよりも親戚仲にひびが入ったり、村人たちに悪い噂を立てられはしないだろうか。特にクントが自分の母を追い出したことは不届き千万、因果の理に反する大罪であるので、どうしても解決を図らなければならない。しかしクントの母は、世の母親の習いで、自らの苦労はなんのその、息子夫婦が仲良くやってくれさえすれば自分のような老婆はどこでのたれ死にしても悔いはないと言う。その言葉を耳にするや、ロジャムは怒り心頭に発し、「姉さんはあいつの母親だろうが。嫁をもらった途端に母親を追い出すなんてことがあってたまるか！　息子が恥知らずだからといって、姉さんまで恥知らずになるつもりか！」と言い放った。

　クントの母はその言葉を聞くやさめざめと泣き出して、「あなたたち、あの子を責めないで。あの子のせいじゃないのよ」と言うので、ロジャムの妻が慰めにかかった。

　ロジャムもすぐに怒りの矛先をおさめ、「俺が行って、クントに意見してやる」と言って出かけて行った。

　その日、クントは子ヤクのようにまるまると太った羊と美しい妻とをバイクの後ろに乗せて町をひやかしに出かけてしまって留守だったので、ロジャムはクントと話をすることはできなかった。そこで翌日の早朝、ロジャムが再びクントのもとを訪れてみると、夫婦はちょうど朝食を食べているところだった。クントの妻は本当に花のように麗しかった。花のようなかんばせに葉っぱのように形のよい目、花蕊（かずい）のように歯並びのよい口元……この妻と比べたら、クントの母はわびしい晩秋の朽木も同然である。クントの妻は恭しくロジャムにお茶を入れると、町で買ってきたらしい小さなパンをいくつも並べた。ロジャムはまずパンを一つ手にとって、しげしげと眺め、それが町で買ってきたものであることを確かめてから再び皿に戻すと、クントに向き直って「お前の母さんは本当にパンを焼くのが上手でね、昔はみんな羨ましがっていたもんさ」とあてつけがましく言った。

クントは妻の顔をちらと見やり、気にもかけぬそぶりで、「昔は何でも手に入るわけじゃなかったしな。今じゃそんな苦労しなくても、町で買えば簡単に手に入るんだよ」と言った。

ロジャムは少し考えてから「いずれにしてもお前は自分の母親を迎えに来た方がいい。母親を追い出したままではよそ様になんと言われるか」と思いやりにあふれた表情で言った。

クントはいきなり立ち上がり、「言いたけりゃ言わせておくさ！　そもそもあの時あんたは雌犬を山に放しておきながら、後で殺しに行ったんじゃなかったのか」と言うとロジャムから目を背け、妻の顔を見つめた。

ロジャムの脳裏には昔の一件が浮かび、すっかり気勢をそがれて「あの時はお上の政策でそうせざるを得なかったんだ。俺にはどうにもできなかったんだよ。あれ以来、赤い雌犬のことを忘れたことは片時もない」と自らに言い聞かせるようにつぶやきながら、クントが当時の事情をわかってくれるように祈った。

クントは馬の嘶き(いなな)のような嘲笑の声をもらし、「へっ、忘れてないのにそのざまかよ」と言い放ち、今度はひどく落ち込んだ声で「じゃあ俺が二十歳になってもまだ独り身でいた時、あんたたちはどこで何をしてたんだ？　俺には親戚なんてものはいなかった。ようやく家庭を持てたと思ったら、それにもいちゃもんをつけるのか」と息を荒くした。

するとロジャムも怒り出し、「お前ら母子にツァンパすらなかった時に手をさしのべてやったのは俺だったろうが。俺だってお前のことを甥だと思っているから、めぐんでやったんだ。ありがたい聖山だからこそ祈祷旗を立てるんだ」と言った。

クントはロジャムをおじとも思わぬふうで、ひどく不愉快そうな表情を見せ、「今じゃ、親戚面して助けてくれる人もいなけりゃ、敵をよそおって危害を加えてくる奴もいない。あんたはあんた、俺は俺、互いに干渉しないのが一番いいんだよ」と捨て台詞を吐いた。

ロジャムは失望の色もあらわに家に戻るしかなかった。道々怒りを鎮めるうち、ふと思いついたことがあって、ジグメの家の方に歩みを向けた。クントの父が亡くなってからはおじのジグメがクント母子の面倒を見ていたが、クントが大きくなると、母の望みどおりロジャム家の方に母子のテントを移してジグメとは疎遠になっていた。しかし、生産責任制〔農家が政府から一定量の生産を請け負い、それ以上生産された農作物は、個々の農家が自由に販売できるようにした制度〕になってからというもの、ロジャムがいろいろ口をはさんでくるのが嫌で独り立ちしていたのである。今、ジグメがクントの件に関わりたがらないのも無理はないとロジャムは思った。ジグメのうちに行ってみると、当人は不在で、その妻と気のふれた娘しかいなかった。娘はロジャムの姿を目にするや、奇矯な表情をみせてけらけら笑い続け、時おり歌とも奇声ともつかない意味のとれない声を発するのであった。ロジャムは娘のこんな様子を見る度に心臓が引き裂かれる思いだった。その上、いやでも過去の「犬殺し運動」の一件がまざまざと思い出されてくる。普通なら娘も十八になれば、嫁に行って子をなし一家の主婦をつとめるものだ。しかし、この娘のふるまいを見ると、子供のまま成長が止まっているので、「犬殺し運動」を体験した者はみな彼女の傍らに行くと、知らず知らずのうちに過去に思いをはせてしまうのであった。ロジャムもしばらくそんな状態に陥ったが、一つ深呼吸をしてクントの一件をジグメの妻に打ち明けた。ジグメの妻はこともなげに「それこそ過去の業の報いね」と言い放った。

ロジャムはすぐにはその言葉の意味が理解できず、納得できない様子で「それは一体どういう意味だ?」と訊いた。

ジグメの妻はそんなことわかりきったことでしょといった顔つきで「クントの父親が死んだ時も一匹の犬が噛みついて離さなかったとかいう話じゃない」と言い、ちょっと言い淀んで「まあそれが本当かどうかはわからないけど。そうそう、今クント母子の面倒をみてるのはあんたでしょ? うちの亭主はこの娘の世話で手いっぱいなのよ。クントの母親の心配どころじゃないわよ」と言って不機嫌そうな表情をみせた。

ロジャムはしばらく言葉もなくジグメの妻の顔を見つめていた。目の前の彼女が一瞬にして赤の他人になってしまったかのように感じられた。実のところ彼女がそんな言葉を口にするとはこれっぽっちも思っていなかったので、話の継穂（つぎほ）も失って茫然自失のありさまだった。やがて立ち上がって外に出ていくと、気のふれた娘が外に駆け出してきて彼の手首をつかみ、「行かないで」という表情をしてとても悲しそうな顔をみせた。ロジャムは胸が痛んだが娘の頭をなでてやり、ぐっとこらえて一目散に家に戻った。とはいえむかっ腹がおさまらず、何かにつけて妻や姉にあたり散らしたので、二人はわけがわからず泣いた。ロジャムがクントの問題を解決できぬまま毎日思案にくれていた時、突然ある事件が起こり、村は騒然となった。

　その夜、クントは町に酒を飲みに行った。夜になりテントに戻ってみると、なんと美人妻がジグメの息子とよろしくやっている最中ではないか。クントは激昂したが、喧嘩となればジグメの息子に敵うはずもないので殴り合いまではしたくない。そこでこっそりとジグメの息子の革靴を盗んで川に放り投げると、自分は草原の真ん中に寝ころんで時間をつぶした。夜明けが近づくと、クントはテントの傍らの小さな崖の陰に隠れて見張った。しばらくするとジグメの息子が現れて、カラスのようにテントを出たり入ったりして靴を探しまわったが見つけることができず、裸足のまま小走りで自分のテントの方へと戻っていった。それを見たクントは満足げな笑みをもらした。

クントがすぐさま自分のテントに入っていくと、妻はジグメの息子が去った後の寝具の中でひな鳥のように眠っていた。クントはそれを見て、口の中に急に酸っぱいものがあふれてくるのを感じ、飢えた狼のように、妻の上に覆いかぶさった。妻は驚きの声とともに目を開け、それが夫であることに気づくと、怒りの形相を浮かべながら、「あなた、何をしているの！」と言った。クントは目を血走らせ、「お前に仕返ししてやるんだよ」と言いながら彼女を押さえつけた。妻もそれ以上抗うのを諦めて、夫の為すがままにまかせた。ジグメの息子は革靴を持ち去ったのがクントであることに気づいたようで、家に戻って代わりの靴を履くと、馬用の鞭をひっつかんでクントのところにやってきた。「俺の靴をどこにやった？」とジグメの息子が叫ぶと、クントも「お前こそ、よくも俺の妻に手を出してくれたな！」と言い返した。ジグメの息子が「お前の嫁さんはいい遊び相手になるだろうと思ってたけど、本当に最高だったぜ！」と露骨に挑発してきたので、クントも悔しさのあまり「お前の靴なんか、いまごろ川の底さ！」と言い放った。ジグメの息子は激昂してクントの脳天に鞭をふるったので、クントの頭からは血がだらだらと流れ落ちた。そうこうしているうちに何人かの村人たちが、親戚同士で喧嘩をしているこの二人のところに駆けつけ、仲裁に入った。

事件の真相を詳しく聞いたロジャムは、クントの美人妻こそが諸悪の根源であり、今後対処すべきはクントではなく、妻の方なのだとはっきりと悟った。しかし、ロジャムの姉、つまりクントの母親が一度ならずジグメの家に怒鳴り込みに行ったので、村中が蜂の巣をつついたような大騒ぎになり、さらに事態は紛糾していった。村人たちは、クントの一件がかつての「赤い雌犬事件」同様、一筋縄ではいかない事件だと思い知ったのだった。

王大海の命令をうけて、クントの父は部隊を率いて村中の犬を殺処分したが、姪の重い心の病に対しては手の打ちようもなかった。ジグメは二人の息子を家に残して生産隊の羊の群れを放牧させ、夫婦して娘を公社の病院に連れて行き、治療を受けさせ、あえてクントの父を責めたりなじったりすることはしなかった。クントの父は王大海とともに大切な任務を遂行するのに忙しく、姪の治療に手を貸す暇も、羊の群れの世話をする甥たちの手伝いをする暇もなかった。代わりにロジャムがジグメの二人の息子の面倒を見てやり、何くれとなく世話を焼いていた。そんな折に誰もが予想し危惧していたことが現実となった。日が暮れると同時に山の方から狼たちが餌を探しにやってきて、吠え声をあげながら村に近づいてきたのだ。ヤクは驚き、羊は逃げ出そうとする。羊飼いたちは家畜の柵の傍らで寝ずの番をし、子供たちは怖がって布団を頭からひっかぶって身じろぎもできずにいた。

まこと、山の狼たちは人間より抜け目なかった。村の入り口から徐々にそれぞれの家に忍び寄って、まず生産隊の柵から抜け出しそこらで寝ている家畜たちを殺し、食い残した肉や皮などをそこらじゅうにまき散らした。その光景は、先日の「犬殺し運動」部隊による一連の犬殺害現場を彷彿とさせた。おかげでクントの父と隊員たちは毎日、一軒ずつ調査しては狼が殺害した家畜の数を調べ、皮を集めてまわる仕事に追いまくられることになった。狼に家畜を殺され、それぞれの生産隊が大損害を被ったことはいうまでもないが、村人たちからすると逆にまことにめでたい状況となった。狼のせいで傷を負った家畜をたちどころに屠って、その皮を政府に献納すれば、狼の食い残しともども、肉を各家庭で思う存分賞味できるようになったからだ。だが、不思議なことにロジャム家の家畜は、羊一匹殺されるどころか傷を負ったものさえいなかったので、生産隊からするとロジャムは類まれなる家畜追い、まさにみなのお手本そのものだった。だがロジャム家からするとまったく肉が手に入らないので、他人が肉を食べているのを指をくわえて見ているしかない。総じて夏場なら家畜が多少狼にやられても、その肉を保存しておくのが難しいためお裾分けがまわってくるのだが、今は秋も終わり、肉の保存がきくため、みな冬用の肉として保存するばかりで、肉を分けてくれる者はいなかった。そんなわけでロジャムはひどく落胆していた。「男は女の知恵にはかなわぬもの」とはよく言ったもので、我慢できなくなったロジャムの妻はこんなことを夫に耳打ちした。「群れの中からよさそうな去勢羊を一匹選んで殺しましょう。それを狼に殺されたことにして皮はお上に納め、肉を食べてうっぷんを晴らしましょうよ」

ロジャムは眠りから覚めた気分で、すっかりその気になって、夜半過ぎ、投げ縄を手に羊の群れに近づいた。ふと見ると、家畜囲いの中に、狼とも人ともつかぬものが寝そべっているではないか。彼は胆をつぶし、全身から冷や汗が吹き出してくるのを覚えた。何歩か後ずさりして、低い声で「しっしっ」と言うと、その生き物は興奮してぴょんと跳ね起き、羊の群れの周りを行ったり来たりして、小さな声でワンと吠えた。ロジャムもようやくその生き物が自分の赤い雌犬であると気づいて、ちょっとほっとしたのであった。だが、赤い雌犬の奴、戻ってきてここで一体何をしているんだろうと思い、またしても心配になった。だが、すぐに合点がいったのである。一家の家畜が一匹も狼にやられずにすんだのは、赤い雌犬が夜な夜なやってきてはこうして家畜たちを護ってくれていたからなのだと。ロジャムは前にもまして雌犬を愛おしく思った。しばらくしてロジャムは自分がここにやってきた本当の理由を思い出した。そして、慎重に羊の群れに忍び寄り、投げ縄をくるくる回して投げ、たまたま捕まった羊をたぐりよせて、そのままテントの中に引きずり込んだ。家に入って見てみると、狙っていた去勢羊ではなく、望んでもいなかった若い羊だったが、もうどうしようもない。夜中に灯りがついているのを見られると人から怪しまれるので、暗闇の中で羊を屠りながら赤い雌犬が家に戻ってきたことを妻に打ち明けた。妻は「まあいじらしいこと。餌をやりに行かなきゃ」と言った。ロジャムは「わざわざ餌をやることはない。羊の内臓をやればいいさ」と返したのであった。

翌朝、クントの父と役人らが、家畜が殺されたかどうかを検分するためにやってきたので、ロジャムは一頭分の羊の皮を手渡した。昨晩、闇の中で屠畜したために皮の切り口はずたずたになっており、外見上は狼に襲われたのと見分けがつかなかった。みなは驚いて「お宅の羊も狼にやられたのかい?」といぶかった。

ロジャムは怒った顔を見せて「なんだっていうんだ。うちの羊が狼にやられるはずがないとでもいうのか?」と言い返したので、みな何も言えなくなった。

午後になり、またもや事件が起こった。村の若者が生産隊のテントに入ってきて、今朝赤い雌犬が羊の内臓をくわえて山の方へと向かっていくのを目にした、村の家畜を殺しているのはあの雌犬にちがいないと言ったのだ。村人たちは当初、家畜を殺したのは狼だと考えていたが、犬が狼と結託して狼を村の中に連れてきた可能性も否定できなかった。それだけでなく、狼がこのように堂々と村の中に入ってくるなどこれまで見たことも聞いたこともない。王隊長は彼らの話を聞くとすぐさま、赤い雌犬がどの家の飼い犬か調べるよう命じた。クントの父は隠し通せず、赤い雌犬は以前村はずれをうろついていたが、その後しばらくして、ロジャム家で飼われるようになった。しかし、最近またどこかへ行ってしまったので、野良犬を殺している時には誰も姿を見かけなかったのだと報告した。王隊長はそれを聞くや、うなるように、犬がいかなる問題を引き起こしてもその咎は飼い主が負うべきだと言うと、すぐさま村人たちを動員した。呼び出しをくらったロジャムは村人の前でさらしものになり、「反革命分子」の紙帽子をかぶらされた上、数日間にわたって糾弾された。家の羊の群れは没収され、生産隊の馬番となるよう強要された。後に、この一連の出来事は「赤い雌犬事件」と呼ばれるようになる。しかし、「赤い雌犬事件」はそれだけでは収まらなかった。王隊長はクントの父に命じて、村人たちを動員した。彼らはみな銃を携えて馬に乗り、赤い雌犬を殺しに向かったのである。赤い雌犬の棲家はバヤンカラ山左手の谷の中だったが、もともと山神ゆかりの土地なので、狩りをするのはもちろんのこと、山頂に生えている樹木の類もみだりに切ったりすることはできない。そのため馬に乗った捜索隊はそれ以外の谷をいくつか見てまわり、しばらく経って人も馬も疲れ果てて戻ってきたが、赤い雌犬を仕留めることはおろか影すらも見かけることはできなかった。

王大海は彼らの報告をなおも信用せず、男気をみせて自らが捜索にあたることを決め、助手として二人の部下とクントの父、さらに村の急進的な青年を何人か連れて出発した。

彼らは昼頃にはバヤンカラ山左手の谷の入り口に到達し、馬をそこにつないで二手に分かれた。一隊は上の方に向かい、王隊長とクントの父は二人の部下を連れて山すそ一帯を捜索していった。王隊長たちは谷間をいくつも見まわったあげく、ようやく赤い雌犬の姿をとらえた。犬は山の小高いところにちょこんと座って彼らのことを眺めていたのだ。隊員たちは銃に弾を込めてこっそりと這い上って行ったが、赤い雌犬は元の場所で身じろぎもしないでいる。犬のいるあたりに小山があり、捜索隊はそこに到着するとすぐに隊員を散らばらせて、犬を包囲するような陣形で登っていった。するど、不思議なことに、赤い雌犬は突如として姿をくらましたのである。逃げようにも逃げ道などなく、地に潜ろうにも身をひそめる穴もないので、二人の部下も不思議がって、これはまことに凶兆であると言った。彼らは続けて谷の中を隅から隅まで捜索したが、何も見つけることはできなかった。その後、別働隊の者たちもその場所に合流してきたが、同じように不気味な体験をしていた。赤い雌犬が目の前を通って去っていくのを目撃し、すぐに追跡してみたものの、どこへ行ったのかわからなくなってしまったと言うのだ。みな顔色も失い肩を落として、国民党の敗残兵よろしく帰ってくるしかなかった。さらにその日、前日の朝に赤い雌犬が羊の内臓をくわえて行くのを見たと証言した若者が理由もわからぬまま口が利けなくなってしまったので、村人たちはみな赤い雌犬の祟りではないかと疑ってひどく胆を冷やし、こっそりとそれぞれの守護神に祈りを捧げながら、なんとも物騒なことよ、と言うのであった。それから数日もしないうちに、さらに不可思議な事件が発生した。ある夜、狼の群れが村にさまよい込んできて、ジグメ家の羊たちを家畜囲いの外へと追い散らした。ジグメの二人の息子は夜が明けるまで羊たちがいなくなったことに気づかずにいた。翌日に村人たちがみなやってきて、じゃが芋の芽のように道のあちこちに散らばっている羊の残骸をたどってみると、とある窪地の中で羊たちが身を寄せ合っていた。周囲には狼の死骸もあったので、みな驚いて、これは一体何者の仕業なのだろうと言いながらお互いの顔を見合わせた。

ロジャムはその様子を見て、どう考えても赤い雌犬の仕業にちがいないと思い、再び赤い雌犬のことが心配で仕方がなくなった。雌犬は狼たちと死闘を繰り広げ、きっと傷ついているだろう、無事生きているだろうかと案ずるあまり、夜も眠れなくなってしまった。その時、村では密かにどこからともなくこんな噂が広まっていた。赤い雌犬は実はバヤンカラ山の番犬だ、と。その噂は人づてに伝わり、ロジャムの耳にも入った。その瞬間、畏怖と崇敬の念がいちどきに湧き、ロジャムの心は強く揺さぶられ、しばし驚嘆の思いに圧倒されたのであった。

クントの一件はさらに紛糾していった。ロジャムはまずクントを郷の病院に連れて行き、傷口を縫って治療を受けさせた。村に戻ってくると、クントの父方のおじのジグメのところに行き、クントに治療費の五百元を渡してさっさと丸く収めた方がいいと諭した。するとジグメは怒りもあらわに、「そもそもあいつがうちの息子の靴を川に投げ捨てやがったんだ。こちらから詫びを入れる必要などあるものか」と息巻いた。

ロジャムはいたたまれない気持ちになって「でもあんたはあいつのおじじゃないか。それに今回の事件だって、原因はあんたの息子にある。そもそもあんたの息子が……」と口ごもってしまった。

ジグメは鼻の先でせせら笑うと「あいつは俺をおじだなんて思ってやしないさ。そもそも今回の事件の原因はあの魔女にある。あんただってみなわかっているはずだ」と言った。

ロジャムは何も言えなくなり、ジグメに別れを告げるのも忘れて、そのままカテ村長のところに行った。村長は以前からクントの一件には苦慮しており、今日ロジャムがやってきたのもクントの件だとわかると、言葉巧みに、ジグメはクントの父方のおじ、あんたは母方のおじなんだから、この一件の調停役はあんたがやるしかないだろうと言った。思った通りだ。今どきの村長たちときたら、クントの父の時代とちがい、どこかにちょっとでもうまい話があればそれに群がり、そうでなければ自分のあずかり知らぬことと決め込んでいる。とはいえ、カテが村の長であることに変わりはなく、問題によっては関わらざるを得ないのは言うまでもない。

ロジャムは困り果てた様子で首を横に振りながら、「ジグメも今じゃ俺の話に耳を貸そうともしない。だいたいこの件に関しては、ジグメだって何か知恵を出してくれたっていいのに、逆に敵意むきだしにしてくるんだから、俺だって打つ手がない。こうなったら村の老人たちを集めて、どうすればよいか話し合ってもらうことにしよう。本当のことを言うと、こんな事件になったのも、あの魔女が来たせいだから、あの女をなんとかしないとな」と言った。

カテ村長はすぐさまロジャムの言葉をひきとって満足げに、「じゃあそうすることにしよう。あんたは村の老人たちに一部始終を打ち明け、うまい解決策が出てくるか相談してみてくれ。わしは明日、郷政府の会議に参加しないといけないんだが、わしがいなくても別にかまわないよな」と指示して去ってしまった。カテ村長がこんなことを言うのももっともだ。こうすればクントの一件に心を煩わせずにすむだけでなく、老人たちを表に出して善かれ悪しかれどんな結果となろうと、自分は手を汚さずにすむからであった。カテはこうした類のことにとてつもなく長けた人物であった。

老人たちは集まりはしたものの、誰も話を切り出そうとはしなかった。そこでロジャムは「クントは赤い雌犬の生まれ変わりなどではなく、クントの美人妻こそあの雌犬の生まれ変わりにちがいない」と言った。みなはこの説に納得がいった様子で、これまで村や家庭内にこんな揉めごとなど起きたためしはない、このごたごたをうまく片付けるには、あのやっかいな女を村から追放しなければなるまいと言い出した。老人たちはどうやってクントの嫁を追い出そうかと相談しあった。ある者は、穏当な手段がよかろう、ロジャムが彼女のもとに行って、最近村の中で何かと揉めごとが尽きないので、彼女に何がなんでも村から出て行ってほしいと思っていることを伝えて説得に努めるべきだと主張し、またある者は、「老いぼれ馬鹿牛には、王の命令より棒をふるえ」との諺どおり、穏やかに言い聞かせてもあの女じゃ首を縦にふらないだろうから厳しく対処すべきだ、老人たちがそろって彼女のもとに押しかけて、徹底的に罵ってやれば彼女だって居すわり続けることはできまい、などと言うのだった。とにかく上手くいきそうなところから始めることになって、まずは穏当な手段をとってクントの嫁を追い出そうという話になり、その責務は再びロジャムの肩にふりかかってきた。ロジャムはそれに応じるほかなく、頷きながら、「だが、クントの治療費支払いの件は、あんたたちがジグメ家に行って片付けてくれ。ジグメは俺に含むところがあるから、俺が説得してもうまくいかないだろう」と言った。すると老人たちは治療費問題は自分たちがなんとかするからと言うのだった。

老人たちの前では潔く請け合ってみせたが、ロジャムだって物事がそれほど簡単に片付かないことは十分わかっていた。クントの妻は夫の家から嫁に請われ、父母に送り出されるという正式な手順を踏んで嫁に来たわけではないが、自由恋愛の今のご時世、それをけなす者など誰もいはしない。嫁はクントと仲睦まじい様子だし、俺の忠告に耳を貸さず、あくまでもクントと添い遂げると言い張るなら、今後この夫婦とは縁を切るしかあるまい。とはいえ老人たちから命じられたからには仕方ない、自分は放たれた矢も同然なのだと覚悟を決めて、ロジャムはクントの家に向かった。

クントの妻の態度はロジャムの予想していた通りであった。彼女はロジャムの言葉を聞くや一笑に付し、「じゃあこれはみんな私のせいだって言うわけ？」と訊いてきた。

ロジャムはたじたじとなって「あんたのせいだと言っているわけではないんだが……。でも自分の母親を追い出す息子などどこにいる？　これはとんでもない話じゃないか」と言った。

クントの美人妻は口も達者だった。結婚したばかりとはとても思えない様子で臆することなく、「お義母さんがこの家にいたくなかっただけで、何もクントが追い出したわけじゃないわ。ここは、お義母さんの家なのよ。もし出て行きたくないなら、私はもちろん、クントだって追い出せないわ。嫁の私にはそんな度胸も力もないのに、色眼鏡で見られるなんて怖いわね。ねぇ、そうでしょう?」と言い返してきた。

ロジャムは内心、お前には度胸も力も十分備わっているじゃないかと思ったが、いかにも嘆かわしいといった様子で「その通りだ。人の口っていうのはそんなものだよ。『三人が口をそろえれば髭のヤギも犬となる』って言うじゃないか。あんたもこんな噂をたてられてこれからどう暮らしていくんだい? みなと顔も合わせられないだろう」と脅した。

クントの妻はどこ吹く風で「自分に咎がないんだから閻魔様の前に引っぱり出されても怖くないわ。その上、おじさんも私たち夫婦のことをよくわかってくれているし。みんなを納得させるのは難しいものよ」と言うので、ロジャムは言葉を失った。

一方、村の老人たちはジグメにかけあって三百元の治療費をもらい受け、クントの傷が少し癒えた頃に争いの調停をするとの約束を交わしてきた。ロジャムは老人たちと一緒にその金を持って病院にいるクントを見舞い、事情を説明した。ただでさえ腹にすえかねる思いでいたクントは、たかだか三百元の治療費を目にして、自分が見くびられているのだと思い、怒り心頭に発し、息をぜいぜい言わせながら、「あんたら村の老人たちは曲がったところのない正直者だって聞いていたが、今日のこの仕打ちをみると、強きを助け弱きをくじくってやつじゃないか。そうでなきゃ、三百元なんてはした金を持って俺のところに来られるわけがない。それじゃ何かい、俺が全身血まみれにされても三百元もあればかまわないって思っているわけか」と気色ばんだ。

老人たちは申し合わせたわけでもないのに、みなクントの意見ももっともだと思った。だが面と向かってそうも言えないので、ロジャムの方をちらと見やった。ロジャムもここは自分が発言するしかないと思い、前に進み出て、「お前、そんなことを言うもんじゃない。言葉は順番に聞け、岩場は順番に足をかけて登れというじゃないか。相手の言っていることがよくわからないうちに一人合点をしてはいけないよ。お前の頭を怪我させておいて三百元払えばいいと言ってるわけじゃない。そもそも我々が強きを助け弱きをくじくなんてことがあるわけないだろう。この三百元はお前さんの当座の治療費にあててもらうために渡したんだ。調停の件についてはまた後で解決すればいい」と言うと、他の老人たちもほっとした様子で頷いて同意を示した。

クントはその言葉に耳を傾けようともせず、嘲笑してから「俺のことを心配してくれてありがとうよ。でもな、この問題についてあんたたちが出しゃばる必要はないさ。その点、今の国の法律ってやつは、弱きを助け強きをくじくものなんだ。俺にとってこんなに心強いものはないよ。俺と嫁には結婚証書があるんだから、法律は俺の味方に決まっているさ」と言い放った。

「結婚証書」の一言で、うるさ方の老人たちは黙り込んでしまった。それと同時にクントの妻に対する「手荒な」手段もどこかへ吹っ飛んでしまった。そこであわててクントのおじのジグメのところに何度も出向いてもっと金を出すよう説得し、クントには追加でもう三百元を手渡すことにした。そして、お上に報告してもろくなことはないし、問題を大本から解決することなどできないだろうとクントに言い聞かせたのである。クントは心の傷こそ癒えていなかったが、揉めごとを引きずっても自分が不利になるだけだと悟り、怪我はもう平気だというふりをした。しかしクントの母の心痛は晴れることなく、老人たちのもとに重ねがさね怒鳴り込んでは、「ジグメ家のあの仕打ちはないよ。あたしゃ、あいつのテントの張り綱に首をかけて死んでやろうかと思ってるよ」と言って老人たちを震え上がらせた。クントの母は夫を早くに亡くしてもともと精神不安定であった。その上、未亡人の「影」は不吉だともいうから、村で殺人事件でも起きたら大変だと老人たちは案じ、再び高僧のジャンジン師に占いをしてもらいに行くことにした。ところが、こちらから出向く前に高僧からこんな伝言が届いた。「この件についてはこれ以上案ずる必要はない。ジグメ家の娘が気がふれてしまったのと痛み分けなのだ。クントの母親にはこのことを思い出させてやるがよい」これを聞いて老人たちは胸をなでおろしたのだった。

赤い雌犬がバヤンカラ山の番犬であるとの噂が流れた後、村の空気は以前にもまして張りつめ、恐怖の色は濃くなっていった。そのため、数日前、赤い雌犬の山狩りに行った若者とその親たちはひどく怯え、みな家のかまどで薫香を焚いて祈る以外、外に出かけるどころか村で何が起ころうと詮索する気さえ起きなかった。赤い雌犬が内臓をくわえて行くのを見たと証言した直後に口が利けなくなった青年の父は、夜に香草や香木、さらにマッチを手に持って、誰にも悟られないように一人こっそりとバヤンカラ山の頂に上って薫香を焚き、心の奥底から山神に陳謝し、長らくその場に留まり、夜が明けてからようやく山を下りて家路についた。クントの父の仕事熱も急に萎えてしまい、こう思うようになった。あの赤い雌犬がバヤンカラの番犬かどうか判断するのは難しいが、人知では計り知れない何かがあるにちがいない、あの雌犬の賢いことときたら人をも上回る。何か不可思議で恐るべき力があの雌犬を護っていることは明らかだと。こんな問題に一人で立ち向かえるはずもなく、村の中の空気を読んで、見て見ぬふりをするしかなかった。しかし革命の熱気が盛り上がる中、前進したい者だけが前進し、そのまま留まりたい者は留まってよいなどということがどうして許されよう。赤い雌犬がバヤンカラの山神の番犬だという噂を耳にした王大海は仰天した。何も山神の威力に怖れを抱いたからではなく、村の人々が今なお封建主義の盲信の影響を強く被っていることを痛感させられたからである。総じて「犬殺し運動」を首尾よく成功裏に終わらせることが彼の主たる責務ではあったが、封建主義の盲信的な考え方を一掃することも革命には欠かせぬ要件である。今回、なんとしてでも「赤い雌犬事件」を根本から解決することが必要不可欠だとして、王大海は緊急の会議を招集した。

会議に出席した者たちはみなおどおどとしてうなだれ、王大海の顔を直視することもできなかった。犬殺し部隊の副隊長であるクントの父でさえも、長患いの病人よろしく王大海の傍らでひどく怯えた様子でうつむいたまま、王隊長が何を言い出すか待ち受けていた。王大海はいつものようにカーキ色の軍服を着込み、足を引きずりながら机のまわりを何度か行ったり来たりすると人々に向かって口を開いた。「今日、我々が会議を招集した理由はみなおそらく考えればわかるはずだ。これは大変重要な問題だ。同志諸君の思想改造をしなければならないのだ」そこで彼がいったん口をつぐむと、誰もが赤い雌犬の一件ではなかったのだと思い、次第に顔をあげ始めた。クントの父も元気づき、副隊長の威厳を取り戻して、王隊長の命令には道理があるという表情すらみせた。その時、王大海はいかにも深刻な様子で言った。「同志諸君の中には、今なお封建制度の盲信の罠から抜けきれていない者がいる。これは思想的に非常に問題である。さらに、最近、赤い雌犬を山神の番犬であるという根拠のないデマを言いふらしている者がいるが、これも思想的に問題である。誤った思想的立場に起因する問題なのだ」クントの父と村人たちはまたしても顔をあげられなくなってしまった。王大海もみなの顔に苦渋の色が浮かぶのを認めたが、今回彼は「犬殺し運動」のためにこの地にやってきたのであって、この一件をなおざりにすることは許されないし、すべきでもない。そう考えて彼はきっぱりとした口調で「そういうわけで、今回我々は確実に赤い雌犬をとらえて、山神とやらがどこにいるのか突き止めるのだ。革命の勢いと山神の力のどちらが強いのかをはっきりさせようではないか。この事件は生産隊長と飼い主が責任をとるように。もし三日以内に赤い雌犬を殺せなかったら、飼い主を県政府に突き出して、取り調べを受けさせることにする」と宣言した。

この会議の後、ロジャムの心は千々に乱れ、家に戻ってからも湧き上がる不安に心が押しつぶされそうで、食べ物も飲み物も喉を通らず、ひたすら煩悶していた。確かに彼はひどく難しい立場におかれていた。先立って赤い雌犬を殺さず山に放ってやったものの、その後あの犬に関係した奇妙な事件がいくつも起こり、そして今ではあの犬はバヤンカラ山の番犬だという噂が村の中で広がっている。もしそれが本当なら、あえて山神の番犬を殺そうとする者などいるはずもない。とはいえ、あの犬は最初は彼の家に迷い込んできてそのまま居つき、今また山の方へ行ってしまい、どこにいるやらわからない状態なのだから、山神の番犬だという説もあてにはならない。今やロジャムは「掴めば火傷、放せば割れる」という状態に追い込まれていた。ちょうどその時、何者かが他人から気づかれないようにこっそりロジャムのテントの中に入り込んできた。ロジャムは胆をつぶして息をのんだが、すぐにそれがクントの父だとわかって、「ああ、あんただったのか。何しに来たんだ」と言った。

クントの父は一言もしゃべらずにまっすぐかまどのところにやってきて座り、少しばかり考え込んでから「お前はどうするつもりなんだ。俺は嫁に追い出されちまったよ」と言った。

ロジャムは頷いてひどく難しそうな顔をしただけで、自分がどうするつもりか何も言おうとしなかった。クントの父は再びため息をついて、「ああ、こんなことになるなんて、まったく想像だにしなかった。ほんとに前代未聞のことだ」と言った。ロジャムの妻も「仏様よ、お助けください……」という祈りの言葉を漏らして、すぐにうつむいてしまった。

ロジャムは妻をにらみつけてから、クントの父の方を向いて「ここはひとつ、あんたの手を借りたいんだ。どこかから別の赤い雌犬でも探してきたらどうだろうか?」と言った。クントの父はたちどころに声をあげて「今、何と言った?」とロジャムを問いただし、目をきらりと光らせた。ロジャムはどういうことかよくわからず、びっくりして眼を見開き、クントの父を見つめて「俺、何かまずいことでも言ったか?」と問い返した。

クントの父は嬉しそうに「それはいい手だ。赤い雌犬をどこかからか探してくればいいわけだ。うむ。もうそうするしかない」と言った。

ロジャムは少し心配になって「でも、ばれたらどうしようか?」と尋ねた。

クントの父は自信たっぷりに「王隊長はあの犬を見たことがないんだからわかりっこないさ。こいつはあの赤い雌犬じゃない、なんてわざわざ口にする奴はこの村にはいないよ。明日二人で赤い雌犬を探しに行くふりをして、どこかから赤毛の雌犬を調達してこよう。秘密は漏らさないようにな」と言うと、すぐさま自分のテントに帰って行った。

しかしその晩にわかに事件が起きた。口が利けなくなった青年の父が突如姿を消したのだ。村人たちは朝早くから総出であちこち探しまわったけれども徒労に終わり、みな村に戻ってきた。最後に、山から帰ってきた羊飼いが「遺体を見たんだ。谷間で狼の群れに食われて靴と帽子しか残っていなかった」と証言した。部隊の代表者と村人たちが駆けつけてみると、凄惨な光景が目の前に広がっていた。ボロボロに食いちぎられた男の着物があちこちに散らばっており、周囲は血の海と化していた。片方の靴は足と一緒に少し離れたところに打ち捨てられ、見るも無残な光景であった。

王大海はしばし言葉もなく、茫然自失の体であった。宿営に戻ったが、テントに入らずに外を歩きまわり、そこにいた全員の顔を見渡すと、クントの父に目を向けて、悲痛な声で「このざまだ。またしてもあの赤い雌犬の仕業だ。これでわかったか！　わしが言った期日までにあの性悪な犬を捕まえるんだ。絶対だぞ！」と命じた。

さすがにクントの父もちょっと疑問に思って「これは恐らく狼の群れにやられたのだと思います。雌犬一頭だけで人間をここまで食べ尽くすことなど到底無理なことです」と理をもって諭そうとした。

「何だと！」王大海は怒って、クントの父をにらみつけ「お前は革命の何たるかも忘れたのか。村の内外の悪巧みを見過ごしてもいいというのか」と言うので、あえて言い返そうとする者は誰もいなかった。

クントの父とロジャムは連れ立って馬に乗り、銃を担いで他の村の生産隊をまわって赤毛の雌犬を探したが、見つからなかった。夕闇も迫り、精も魂も尽きた二人は、敗残兵のごとく帰宅するしかなかった。ロジャムは意気消沈するばかりだった。クントの父はそれ以上話し合う気力もなく、足早に家に帰っていった。

ロジャムは家に戻ったものの、馬をつなぐのも忘れて考え込み、代わりの赤毛の雌犬がたとえ見つからなくても、あの赤い雌犬が人目に留まりませんようにと祈るばかりであった。夜になって妻が「もしあなたが県政府に連行されたら私はどうすればいいのよ」と泣くので、ロジャムはすっかり落ち込んだが、笑みをちょっと浮かべてみせ、「俺にまずいことなんて起きやしないさ。だから心配するなよ」と慰め、ひと時の安堵の夢を貪ったのである。

翌朝、ロジャムの妻は朝早く起きてかまどに火をおこし、桶に灰をいっぱいにして外に捨てに行った。ところが、妻はすぐさま、桶もそのままにあわてて戻ってきたかと思うと、声を低めて「あなた、早く起きてちょうだい。うちの犬が家に戻ってきているわよ！」と言うではないか。

ロジャムはひどく驚いて「お前、まぼろしでも見たんじゃないのか？」と言いながら起き上がった。

妻は息せき切って、「まぼろしなんかじゃないわ。あの犬、灰の山の傍らで寝ているわ」と言った。

ロジャムは急いで起き上がり、靴を履くのももどかしく、裸足のまま服をはおり、灰の山へと走って行った。灰の山のそばまで来たところで、何歩か前に進み、低い声で「おい！お前なのか？おい！」と一度呼びかけてみたが、犬はぴくりともしない。幾度か繰り返し呼びかけてみても反応することはなかった。ロジャムがのろのろとその傍らに行ってみると、なんと雌犬は全身血まみれだった。あわてて抱き上げて家の中に連れ帰ったが、とうに息絶えていた。そもそも赤い雌犬は何日も前に狼の群れに襲われており、これまでどこかに隠れていたが、息も絶え絶え、なんとか我が家を探し当てて戻ってきたのにちがいない。ロジャムは母を失った時に勝るとも劣らない悲痛な思いに襲われ、思わず「人と犬、この両者に一体なんのちがいがあると言うんだ」とひとりごちたのであった。

ほどなくして、クントの父がこの一件をどう収めたらよいのか相談しに再びロジャムのもとへやってきた。クントの父は赤い雌犬が死んだと聞いて最初のうちは驚いていたが、これで二人とも心配の種がなくなったとほっと安堵の胸をなでおろした。ロジャムも、これで自分は県政府に突き出されずにすむ、クントの父の将来のためにも、赤い雌犬は彼の手にかかって死んだと報告すべきだと思い、二人してそのことを話し合った。二人が犬の骸（むくろ）を運んで部隊のところまで持っていくと、王隊長は大喜びだった。隊長は燃えさかる炎のように真っ赤な雌犬の毛をなでまわし「こいつの皮をはいで俺の寝床に敷いたら最高だ。今日我々はこいつの肉でも煮て、盛大に宴会を開こうではないか。お前の昇進の件も俺にまかせておけ」と言った。犬の肉を食べると聞いてロジャムは怖れをなし、馬の群れを放牧しにいかねばと口からでまかせを言ってそそくさと立ち去った。

クントの父は、これまで彼らが犬の肉を食べていても、自分ではけっして食べたいとは思わなかったのだが、今回は将来への影響を案じてその場に残った。こうしてクントの父は、彼らとともに犬肉を口にするはめになったのである。出世すると「食い物」を消化する胃が必要だというのはまこと真実であるようだ。クントの父は夜帰宅して横になるや、急に胃に強い刺しこみを覚え、全身汗だくになって布団の中でのたうちまわったかと思うと、突然こと切れてしまった。その後、村では再びこんな噂が駆け巡った。クントの父は山神の番犬の肉を食べたせいで死んだのだと――。その後数か月のうちに生まれたのがクントである。

高僧ジャンジン師の忠告は効果抜群であった。村の老人たちが苦労するまでもなく、クントの母とジグメ家の「遺恨」は無条件で解決したし、クントの母もようやくクント夫婦のところに戻り家族三人は元のさやにおさまった。だが、一家の敵と目されてしまったのがロジャムである。クント一家はロジャムと口をきこうともせず、ついには村を出て他の場所に引っ越すとまで言い出した。村はまたしても騒然となり、いろいろな噂話が風のように巻き起こった。そこで村の老人たちは再びクント母子のところに話をしに行った。

「あんた方母子はとんだ人でなしだ」

「どうしてさ」

「よく考えてもみろ。ロジャムに対してあんな仕打ちがあるか」

するとクントの母は「私だってよくよく考えてみたんだよ。だけど、そもそもあの赤い雌犬さえいなけりゃ、うちの亭主だって死なないですんだのに」と言った。

「だけどな、ここにはあんたたちの親戚だっている。わざわざよその村に移り住む必要がどこにあるって言うんだ」

クントは「ここにいるのは敵ばかりさ。親戚なんていやしない。だからこんな場所に執着する必要なんてないのさ」と言い放った。

この言葉を耳にするや、老人たちの脳裏には図らずも、あの年の「犬殺し運動」と「赤い雌犬事件」のことが思い浮かんだ。クントの一件も「赤い雌犬事件」同様、解決が非常に困難であるように思われた。ちょうどその日、ジャンジン師がカテ村長の家で祈祷をしていたので、どうすればいいかを聞きに行くことにした。

ジャンジン師は微笑んで、「為すがままにさせるがよい。引き留めることはない。輪廻の世界とはそういうものだ」と言った。

老人たちはこの言葉を聞いて、眠りから覚めたように「これもすべて前世の業のせいなのか」と言いながら互いの顔を見あうのであった。

高僧は頷きながら「俗世を生きる者で、自らの親戚を大切にしない者などあろうか。だが、この件については、もはや彼らの為すがままにまかせるより他にあるまい」と言った。

こうしてクント一家は山向こうの村へと引っ越していったのである。

慈悲深きお釈迦様はおっしゃった。「親族も友人もすべて市に集う客のようなもの、集まっては散じていく」と。偉大なるお釈迦様のこのありがたいお言葉はなんと示唆に富んでいることか。だが、今や遠い過去のことになりつつあるとはいえ、「赤い雌犬事件」とクントの一件はこの村の長い歴史の一幕であり、みなの心に深く刻まれるべきであろう。

“ལག་ཆའི”སྐོར་གྱི་ཟིན་ཐོ།

道具日記

序

みながこぞってリクデンを「脳なし」呼ばわりしていた。そこで彼は町の病院に行って七回も検査を受けてみたが、結果はいつも同じだった。医者は眼鏡をちょっと持ち上げると、真面目くさった口調で「君には脳みそはあるし、しかるべきところにちゃんと納まっているよ」と言うのだった。

リクデンは信じられずに「本当ですか」と聞き返した。

医者がそうだともと頷いてみせると、リクデンはしてやったとばかりに「それはよかった。じゃあ、証明書を書いてください」と言った。

「何の証明書かね？」医者は驚いた。

リクデンは今度こそ医者を追いつめたぞと思って、居ずまいを正すと「他でもない、私に脳みそがあるという証明書を書いてほしいんです。いかがでしょう」と言いながら、医者の顔色を窺った。

「そんなこと言われても、手元に公印もないし……」医者は二の句が継げないようだった。

「ふん」リクデンは小馬鹿にしたような笑みを浮かべて、医者が途方に暮れている様子を見やった。「なんですって？　先生も私を騙すつもりなんですか？　そうは簡単にいきませんよ。あなたがた医者が好んで〈望遠鏡〉を気取っているのは前から知ってますが、今度から〈肉眼〉を使ったほうがよろしいかと」彼は〈箒（ほうき）〉のごとくぱっと立ち上がると、去り際に「失礼します。やっぱり脳みそはないってことですね」と言いながらばたんとドアを閉めた。

医者は茫然としていたが、ふと我に返って頭に手をやり、自分の頭をさすった。

リクデンは病院を出ると、不安な気持ちを募らせた。ぼくには本当に「脳みそ」がないらしい。でなければみんながぼくを「脳なし」呼ばわりするわけがない。でなければぼくが病院に検査に来るわけがない。でなければ医者だってぼくに証明書を書かないわけがない。でなければ……。

上

実のところリクデンはもともと「脳なし」どころか賢かった。父は利発なわが子を学校に入れた。頭のよい彼は一日にしてチベット文字の三十字母をおぼえこんだ。小学校教師の〈教鞭〉はリクデンを褒め称え、「リクデンに学べ」と他の生徒たちを煽った。学友は皆リクデンを手本と仰ぎ、彼は順次進級して中学、高校、大学へと進学していった。今年の秋、リクデンは大学を卒業すると、すぐさま職場に配属されて、月給をもらうようになった。彼は一年分の月給を積み立て、母を連れてラサ巡礼に行く計画をたてた。自分でも、自らを〈電脳（コンピューター）〉だと思っていた。

リクデンの職場は〈訓練装置〉、すなわち田舎の村の小学校であった。つまりリクデンは教師になったのである。学校が始まり、初授業を終えるや、教師というものは未来永劫一介の「道具」にすぎないことをリクデンは悟った。西洋の童話には、爪切りや鞭やスプーンや箒やペンチといった道具が人に変身し、人の仕事をことごとくこなしたあとに、もとの姿に戻るという物語があるが、それとなんら変わりない。生徒の親たちは教師を

〈踏み台〉に、子供たちを次々上の学年に上げ、月給取りのお役人様に仕立て上げる。リクデンはたちどころに「道具(ラクチャ)」であるよりも「権力(ワンチャ)」のほうがいいと見抜いて仕事を変えたくなり、配置換え申請書を書いて、職場の小学校の〈金づち〉校長に手渡した。配置換え希望の理由はきわめて明確であった。教師は所詮「道具」にすぎないからというものだった。

〈金づち〉校長は大学生だった頃、文化大革命で勉強どころではなかったので、今、仕事の合間を縫って独学に励んでいるところだった。彼は文革時代に神経をやられていたため、ストレスがかかるとノイローゼになるたちであった。〈金づち〉校長はリクデンの申請書をよくあらため、頷き、わかったふうに、「で、君は自分がどういう『道具』だと思うのかね?」と訊いた。

リクデンは深く考えもせずにこう答えた。「飴の包み紙です」

〈金づち〉校長は軽く頷いて、心中思った。「こいつはただものじゃないな」

「まったくだ、我々はみな自分の腹の中にあるものを、腹蔵なく子供たちに差し出す義務がある」と校長はリクデンの手に申請書を返してよこし、「君の配置換えには賛成できないな。だが引き続き努力するなら、しかるべき地位につけてやろう」と説得口調で言った。

リクデンははたと気づいた。権力は地位であり、地位は権力なのだ。地位があれば体は福々しく、声も重々しくなっていく。それだけでない。言葉から肌艶、はては糞をたれても「権力」になるのだ。突然、〈金づち〉校長の姿が麗しい美女のように見え、口から洩れ出る一言一言が誘惑の甘言のように聞こえ出し、リクデンはにやけてしまった。〈金づち〉校長は少し考えて「だが権力だって所詮、道具にすぎないのだよ。まあ、用途の広い道具といったところかな」と言った。

リクデンは嬉しくなって、「権力を持てるなら、人糞すくいの道具だって構いません。ひびが入った使い古しのスコップよろしくどう使われてもいいんです」と応じた。〈金づち〉校長は大変喜び、リクデンも喜んだ。〈金づち〉校長は、リクデンが優秀な「道具」だと思ったのである。リクデンも〈金づち〉校長が道具扱いに長けていると感じた。というわけで二人とも満足した。他にも喜んでいる人物がいた。それはリクデンが付き合い始めたばかりの恋人メトクツォであった。同じ学校の教師でなかなかの美貌であったが、いつもあることないことをぺらぺらと話すのが好きなので、陰で〈かささぎの嘴〉と呼ばれていた。リクデンがこの嬉しいニュースを告げると彼女は大喜びし、「リクデンたら昇進するんですって」と同僚の女性たちに言いふらしつつも、そのことを喜んでいないふりもした。それからというもの、〈かささぎ〉は〈金づち〉の腰ぎんちゃくならぬ〈金釘〉となり、ことあるごとに校長を褒め称え、気遣うようになった。

その日のうちにリクデンはクラス主任となり、声も重々しくなった。〈かささぎ〉は〈金づち〉校長に高級煙草をどんどん勧めながら、「リクデンは担当のクラスのことが心配で食べることも忘れるほどなんですよ」と言った。〈金づち〉校長はご満悦で、リクデンは本当に優秀な道具だなと思うのだった。

一週間もたたないうちにリクデンは教務主任に昇格し、恰幅もよくなってきた。〈かささぎ〉はまたしても〈金づち〉校長に、茶をどんどん勧めながら、「リクデンは教員たちのことが心配で、寝ることも忘れるほどなんですよ」と言った。〈金づち〉校長は前にもましてご満悦で、自分はなんと道具を使うのがうまいんだろうと思った。

一カ月もたたないうちにリクデンは教頭に昇格した。リクデンは髪を短く刈り、黒縁のメガネをかけた。しかし今回、リクデンの恋人は〈金づち〉校長に「リクデンは学校のことが心配で、トイレに行くことも忘れるほどなんですよ」とは言わなかった。逆に、陰で同僚たちに、「〈金づち〉校長は心臓が悪いんですって。問題があるわ。危ないんじゃない？」と触れまわった。口をすべらせたのはリクデンのほうだった。〈金づち〉校長とともに〈ふくろ〉郷長のところに行った時、つい「学校のことが心配でトイレに行くことも忘れるほどで……」と言ってしまったのだ。

〈金づち〉校長はいたく気分を害して、ノイローゼになってしまった。彼は十以上の病院を転々としたが、治らなかった。看護師が食事を運んできても口をつけようともしない。食事を運んだ看護師は頭のいい女性だった。彼女は医者たちを外に呼び出すと自分の気づいたことをこっそり告げた。「あの患者さんはあれこれ腹に溜め込んでいるみたいですよ。食事も受けつけませんし……」医者たちもその通りだと思って、無理やり口に食事を押し込んでみたが、校長はすぐに舌で押し戻してしまって、何も受けつけようとしなかった。〈ふくろ〉郷長はわざわざお見舞いに来て、「腹の中に悪いものが溜って危ないそうだね」と言った。

〈金づち〉校長はベッドの上で息を切らしながら、「リクデンは率直なのはいいが、いかんせん忘れっぽい。脳みそがいかれてるんだ。脳なしだから他の職場に移そう」と言った。〈ふくろ〉郷長は校長の病んだ発言を聞いてちょっと頷くと、「まずは〈金づち〉校長の病気を直さんとな」と思い、リクデンをとある村の学校の責任者に格下げにすることにし、口先では「なにも君を飴の包み紙のように無下に捨てようというわけじゃないんだ。この配置替えは職務上必要なことなんだよ」と〈金づち〉と一緒になってリクデンを慰めるふりした。ところが裏でリクデンは「脳なし」なんだと皆に言いふらしていたのである。その頃はまだ誰もその話を信じようとせず、リクデンには頭があるのだから脳なしのわけがないと思っていた。

リクデンの赴任先は職員がたった二人しかいない学校だった。リクデンは責任者、もう一人は助手で、まあ副責任者と呼んでもさしつかえあるまい。〈かささぎ〉はリクデンの新たな職場に不満だった。職員が二人しかいないのでは権力のふるいようがないではないか。しかしリクデンに何ができよう。

〈かささぎ〉はリクデンに言った。「あなたって駄目な人ね」

「じゃあぼくはどうしたらいいんだ」

「郷長の家の裏口に小さな扉があるのに気づいた？　あれが昇進への入口なの。お金持ちになるための道なの。錠がしっかりかかってるけれど、『鍵』さえあれば開けられるわ」

その一言がリクデンの脳みその扉を開けた。近々結婚する予定の恋人たちは話し合い、夜、〈かささぎ〉が鍵を持って〈ふくろ〉郷長の家の小さな扉を開けに行くことになった。二人とも大はしゃぎであった。〈かささぎ〉はリクデンの首に抱きついて、「愛してるわ」と言った。この言葉は、もともと海外の映画や小説の登場人物が口にするような台詞だったが、後に中国の映画や小説に取り入れられ、今ではチベットのインテリの中にもそんな表現を口にするものが現れている。

リクデンも彼女にキスをして言った。「君はなんと美しいんだ」これまた先ほどと同様、海外の映画などの登場人物の台詞だったが、後に中国の小説などに取り入れられ、最近ではチベットのインテリの中でもそんな台詞を口にするのが流行るようになってきていた。

二人はアダムとイブのように、ぴったりとくっついて……。

夜、〈かささぎ〉は鍵を手に、〈ふくろ〉郷長の家の裏口の小さな扉を開けに行った。リクデンは興奮のあまり、口をぼうっと開けたまま、彼女が嬉しい知らせを持ち帰るのを待ちわびていた。眠りにおちるどころか、夢想が次々と湧いてくる。まず〈ふくろ〉郷長が彼のことを優秀な「道具」だと言って、郷政府の書記に任命してくれる。しばらくすると、リクデンの腹がせり出してくる。〈ふくろ〉郷長はリクデンの腹はお偉いさんの腹だと言って副郷長に抜擢してくれる。誰もがリクデンを名前ではなく、郷長と呼ぶようになる。名前だけではない、声も、体も、生殖器も、はたまた体毛の一本一本に至るまで郷長と化す……。リクデンは身も心も幸せでいっぱいになり、ひたすら待ちわびていた。だがこの幸せな気分は徐々に消えうせ、猜疑心に転じ、ついにはむかっ腹が立ってきたのである。〈かささぎ〉は夜が明けてからようやく戻ってきたが、リクデンに先んじて彼女のほうが激昂していた。彼女はリクデンにソファーに座るように言い、「あんたったら本当に脳なしなんだから」と罵るのだった。リクデンの目の前で彼女は〈金づち〉と化していった。「あんたときたらろくな地位もないじゃない。それでどうやって私を幸せにできるっていうのよ」と彼女は罵った。

リクデンは怒ることもできず、ただうなだれていた。

〈かささぎ〉はさらに言い募った。「もうあんたになんか期待するもんですか。これからは自分の力に頼ることにするわ。私、今年は大学へ研修に行くつもり。それからどうするかは、おいおい様子をみることにするわ。私たち、もう別れましょう」

かくしてリクデンはあっというまに外れくじになってしまったのである。さんざんっぱら人生経験をさせられたあげく、すっかり脳なしになった気分であった。

リクデンは「わかった」と言った。

中

〈かささぎ〉と別れたリクデンには、これといってすることもなかった。彼は数日間考えた末、生徒たちの学費がいくら集まっているのか助手に尋ねた。助手は「三千元です」と答えた。リクデンは、「そうか、では、その金をよこしなさい」と言った。

助手はわけがわからず「一体どうするんです?」と訊いた。

リクデンは、「ちょっと入り用なもんでね」と答えた。

リクデンが学費を受け取った後、ささいな出来事が二つ起きた。一つは彼自身が町に行ってムスリムの老人から中古バイクを購入したこと、もう一つは助手が酒を飲んでバイクに乗り、車と正面衝突して即死したことだ。

詳しく説明するとこうなる。リクデンは〈かささぎ〉とよりをもどす一番の好餌はバイクであることに気づいた。女性たちはバイクの後部座席に乗るのがとても好きなのだ。彼女らはバイクの後部座席は歩行者よりいささか高く、高ければ高いほど自分の地位も上がると信じている。そんなわけで、リクデンも町でムスリムの老人から後部座席の高い中古バイクを買いつけた。彼はこの好餌を用いれば空飛ぶ鳥すら落とせるのだから、〈かささぎ〉ごときを落とせぬわけがないと踏んでいた。

ところが驚いたことに、リクデンがバイクを買った時には、すでに〈かささぎ〉は〈乗合バス〉と化していた。〈乗合バス〉があちらに向かえば、リクデンとバイクはこちらに向かい、リクデンとバイクが北に向かう時には〈乗合バス〉は南に向かっていた。〈ふくろ〉郷長は〈乗合バス〉に乗って西寧へ会議に行き、戻ってくると今度は〈金づち〉校長が〈乗合バス〉に乗って町に出張した。リクデンは〈乗合バス〉が壊れないかひどく心配しつつも、それを望んでもいた。

助手はリクデンがバイクを買ったのをたいそう喜び、白酒を二本買ってきてお祝いしてくれた。リクデンも一緒になってしこたま酒を飲み、憂さをはらそうとした。リクデンは日に日に酒びたりになっていき、彼の生徒たちは酒瓶を入れる沢山の〈麻の小袋〉となった。保護者らはあきれ果てて「リクデンは脳なしだ」と言い、〈錐〉村長に直訴した。〈錐〉村長は〈ふくろ〉郷長と〈金づち〉校長に事情を打ち明け、「リクデンは脳なしだ」と訴えた。

〈ふくろ〉郷長はさらに問いただした。「なら脳みそはどうなったのかね?」

〈錐〉村長はなんの躊躇もなく「脳みそは酒瓶の中に落っこちたのさ」と返答した。

〈金づち〉校長はしばらく煙草をふかしてから〈ふくろ〉郷長を見やり、「そういうことなら、あいつの助手を呼んできて、あいつを『手術』することにするか」と言った。

〈ふくろ〉郷長もしばし考え込んでから、頷いてこれに同意した。〈金づち〉校長はすぐに〈錐〉村長に向かって「それじゃあ君は助手を呼んできてくれ。ただちに来るようにと伝えるんだ」と言った。

この最後の一言がいけなかった。「ただちに来るように」などと言いさえしなければ、あのちょっとした事件だって決して起こりはしなかったのだから。〈錐〉村長が「ただちに来るように」との伝言を伝えた時、リクデンの助手はまだ酔いがさめていなかった。しかし「ただちに来るように」と言われたのだから、そうしないわけにはいくまい。そこで彼はただちにバイクに打ち跨って急いで出発するしかなかった。道中、彼の耳元では「ただちに……」「ただちに……」という言葉がずっと響いており、それにつれてバイクも徐々に加速していった。と、東風〔中国の自動車メーカー〕の四駆が突然前方に現れ、一瞬のためらいもなくバイクをタイヤに巻き込み、そのまま走り去っていった。脳みそと血があちこちに散らばり、助手はぴくりとも動かなくなった。

突然起こったこの事件は、〈金づち〉校長の顔に拭いがたい〈泥〉を塗ることになった。それは石鹸で洗ったくらいでは拭い去れない〈泥〉であって、〈ふくろ〉郷長がさび落としを使ってもやはりきれいにすることは難しかった。それというのもリクデンが〈泥〉の上に〈接着剤〉をぶっかけたからで、そうでなければ手で少し擦ればこんな〈泥〉など跡形もなく拭いとれていたはずなのである。

この事件が発生してからすぐに、リクデンは論文を書き上げ、県委員会の『短信』誌に掲載し、県委員会と関係のある各機関に配布した。論文のタイトルは「ただちに来るように」で、副題は「官僚主義の行き過ぎた公私混同を改めよ」というものだった。内容は大きくいって二部に分かれており、第一部で今回の事件がどのように発生したかを紹介し、第二部で「ただちに来るように」という言葉を俎上にあげて、そこに大いに問題があることを論じた。この第二部はさらに五つの節に分かれており、それは（一）この言葉は相手の仕事の段取りを台無しにしていること、(二) この言葉は相手の事情や往復の手間を考えていないこと、(三) この言葉は相手の人権に配慮していないこと、(四) この言葉は人間の能力の限界に対する皮肉であること、(五) この言葉には官僚たちの行き過ぎた官僚主義が露呈していることの五つである。そして最後に、このような言葉は必ずや廃絶すべきであるとの要望が述べられていた。

とある上級官僚は、リクデンの論文を読んで初めて死亡事故があったことを知った。人ひとりが死んでようやく「ただちに来るように」という言葉の問題性が理解されたのだ。彼はすぐに電話をかけてきて、誰がこの言葉を言ったのかを尋ねた。〈ふくろ〉郷長は包み隠さず、正直に「〈金づち〉が言ったんですよ。でもそんなに深い意味があったわけじゃないんです」と言って笑った。すると〈電話〉は怒り出し、「人ひとり死んだくらいならたいしたことじゃない。だが、『ただちに来るように』という言葉は大いに問題になる。この件はきっちりと調査するがいい」と言った。〈ふくろ〉郷長は大いに畏まって「はい、仰せの通りに」と答えた。

〈ふくろ〉郷長は少し考えて「どうやらリクデンは上級官僚の〈手足〉らしい」という結論に達した。だから〈金づち〉校長に相談もせずに、リクデンを再び教頭の地位につけた。その口実たるや実に安易なもので、「〈金づち〉校長が重病になったので」というものであった。その上、自ら車を運転してリクデンを迎えに行き、郷政府と教育委員会の共催でリクデンの歓迎パーティーを開催した。そこには人民政府の役人だけでなく、以前の同僚の教師や〈かささぎ〉もやってきた。パーティーでは皆こぞこそとリクデンが上級官僚の手なのか足なのか、耳なのか髭なのか品定めにご執心だった。それを耳にした〈かささぎ〉の腸が蠢いた。その席でリクデンは三つの宣言をした。それは「一つ、一年以内に学校を全面改造します。二つ、一年以内に〈金づち〉校長の病気を全快させます。三つ、一年以内に結婚します」というものだった。会場は割れんばかりの拍手に包まれた。この最後の一言で〈かささぎ〉の肝臓が蠢いた。

パーティーがお開きになると、〈かささぎ〉はリクデンのもとにやってきて、思わせぶりに「今晩私のところに来ない？　私のこと忘れてないわよね？」と囁いた。見ると彼女は赤くつやつやと輝くりんごのようだった。でも少し饐えた匂いがした。連れ立って外に出てみると雪がひらひらと舞っていた。〈かささぎ〉は空を見やるとこう言った。「雪は吉祥のしるしよ。雪が私の心を表してくれているの」リクデンは口を噤んでいた。こんな格言を耳にしたことがあるからだ——沈黙は金。〈かささぎ〉はさらに言った。「こんな話を聞いたことはある？　アダムとイブがエデンの園を追放された時、大地にスノードロップの花が咲いたのよ」

リクデンはため息をつくと「聞いた話じゃ、イブが狼を連れて来たことになってるけど」と答えた。

「違うわ。二人が辛い思いをしているのを可哀想に思った天使が『雪の花を降らせて二人に幸せを届けましょう』と約束したのよ。そして二人が信じられるように、雪の花に息を吹きかけると、それがスノードロップの花になってひらひらと舞い降りていったの……それってきっと本当の話なのよ」

リクデンは思った。「〈乗合バス〉に乗るとスピーカーからいろんな音楽が流れてくる。音楽に我慢できない人は、ただりんごを食べることだけに専念し、耳を塞いでさえいればいいんだ」

下

一週間が過ぎた。リクデンは、人から名前で呼びかけられてもいっこうに耳にはいらぬ様子、だが逆に小さな声で一言「教頭先生」と呼びかけられると、すっと耳にはいり、顔に満面の笑みを浮かべて向き直り、「何か用でもあるのかね?」と聞き返してくるようになっていた。

「教頭先生、生徒一名の頭に虱がいました」とA先生が報告した。

リクデンはひどく驚き、すぐ胸ポケットから手帳とペンを取り出して問いただした。

「どの生徒だ？　虱は何匹いたのか？　どんな状態だったのか？　何時何分のことだったのか？」

A先生はそれぞれについて詳しく返答をし、リクデンも逐一手帳に書き留めた。あげくの果てにひどく心配そうに「午後、教職員全員を職員会議に召集して、皆に知らせることにしよう」と言い出した。

午後の職員会議には教職員全員が集まったが、〈かささぎ〉だけはいなかった。というのも彼女は今や教頭リクデンの〈専用車〉になっており、その地位をみせびらかすためにわざわざ欠席を決め込んだのである。そのためリクデンも文句も言えず、そのまま職員会議を開始した。

リクデンは咳払いして話を始めた。「ただ今から会議を始めます。他でもない、今日の午前××時××分、某クラスの生徒某の頭において一匹の虱が捕獲されました。このことから、いまだ発見されていないとはいえ、大量の虱が存在することは確実です。そこで、私はこの一件をあえて郷政府に報告いたしました。郷政府もこの一件を非常に懸念し、郷長は郷政府と教育委員会——私たちの学校からは私が出席したわけですが——を特別招集して、重要な演説をされたのです。さらには私たちの学校への批判の言葉も口にされました。第一に生徒の管理不行届きだというのです。私は何と答えていいやら、返事に窮しました。幾度か郷長との間に論争めいたことも起きたのですよ（この時、傍からみたら郷長と彼が等しい地位にあるかのようにすら見えたかもしれない）。そういうことです。事態は大変なことになっています。そこで明日の昼に全校生徒を洗髪させてください」〈金づち〉校長はこれに耳を傾けていたものの、最初から最後までリクデンの「私は……私が……」という言葉しか聞きとれなかった。そんな調子で会議は終わった。お開きになる前に〈金づち〉校長がようやく口を開いた。「せいぜい、脳みそに気をつけることだな」

午後になるやリクデンと〈かささぎ〉は口げんかを始めた。そのけんかは学校中を震撼とさせた。けんかの原因は誰にもわからなかったが、その結末は一目瞭然であった。みな陰でけんかの原因をあれこれ推測していた。一説には、〈かささぎ〉がリクデンの首に抱きついて「あなたを食べちゃいたいわ」と言うと、リクデンが「君が〈金づち〉を食ってくれれば、ぼくの出世の邪魔をするやつはいなくなるんだけど」と返答したために、〈かささぎ〉が「この裏切り者！」と怒ったという。

また、別の説では〈かささぎ〉がリクデンの首に抱きつき、「私、〈金づち〉を食べちゃおうかしら」と言うと、リクデンが「君が食いしん坊だってことはぼくも前から知ってるよ」と返事をしたので、〈かささぎ〉が「私の全てをあなたに捧げようと思っていたのに！　この脳なし！」と罵ったという。

二人の口論はついにつかみ合いのけんかにまで発展し、〈かささぎ〉は衆人環視の中でリクデンの脳天を爪でひっかいて鮮やかな傷跡を残した。〈かささぎ〉は泣きながら「私、あなたを訴えてやる！」と言った。リクデンは朝、〈金づち〉校長が口にした「脳みそに気をつけろ」という言葉を思い出し、あきらめて彼女との結婚を受け入れた。

かくして〈かささぎ〉は教頭夫人となった。二人は学校の中に居をかまえ、公費を使って家具を買った。結婚式は校内で行い、必要なものは食堂から失敬した。正門の上には二人の写真が掲げられ、学生らは通るたびに写真に目礼しなければならなかった。二人はいかにも仲睦まじく、いつもくっついて行動し、お腹がすけば共に食べ、腹がくちくなれば共に眠った。リクデンはさらに〈かささぎ〉を「教務主任」に任命したため、彼女はオフィスにいてもよいことになり、仕事も二人して行うことになった。

その頃になると、〈金づち〉校長はオフィスで適当に休んでいるだけで、教務に関しては全てリクデンが計画を立て決定していた。かくして、リクデンは動く〈ペンチ〉と化した。ただし、その「道具」を使いこなしているのは〈金づち〉校長ではなかったようである。とはいえ学校の金の出入りを握っているのは〈金づち〉校長で、リクデンは手出しできなかった。そのため、〈金づち〉とリクデンのあいだには目に見えない対立が生まれた。リクデンが目に見えない〈槍〉を手に取るや、〈金づち〉は目に見えない〈盾〉を構え、〈金づち〉が目に見えない〈槍〉を構えるや、リクデンは目に見えない〈盾〉を手にする。そうして最後にはお互いに白々しい笑顔を見せあうのであった。そのうち〈金づち〉校長は「中国語の格言に『小さな土地に二頭の虎はいられない』というが、まさに本当だな。こうなったら何か手を打ったほうがいい」と考え、怒りにかられてすっくと立ち上がったが、胸を〈槍〉で貫かれたかのように一瞬棒立ちになったかと思うと、そのまま床に倒れ込んだ。リクデンはこれを見てしばらく茫然となっていたが、思わず笑みをもらしてしまった。この笑みによって〈金づち〉はとどめを刺され、立ち上がることさえできなくなった。

みなは〈金づち〉を引きずって病院へと担ぎ込んだ。

医者はさんざん検査を重ねた結果、心臓病が急に悪化して、血管がつまったのだと言った。発作の原因は、誰かと見えざる〈槍〉で突き合ったことであり、敵の〈槍〉はとても鋭かったうえに急所を突かれており、もはや打つ手がないとのことだった。

かくして〈金づち〉校長の席は空いたが、リクデンを校長に任命するという辞令が発せられることはなかった。とはいえ今やリクデンが学校の全業務（財政も含む）を手中におさめていた。リクデンは「こうなればしめたもの、この学校をゴミ捨て場にしようがぼくの勝手だ」と思って喜んだ。リクデンは学校で最年長のD先生に五元札を手渡し、「煙草を買ってくるように」と命じた。

みながこぞってリクデンを「脳なし」呼ばわりしていた。リクデンはまず病院に行って脳みそがあるかどうか検査してもらった。医者は脳みそはあると請け合ってくれたが、リクデンは自分は脳なしであるとの結論を下し、脳みそのあるなしは権力とは何の関係もないと思うに至ったのである。

――このようにして一つの学期がようやく終了した。

結

冬休みの間に、再び奇妙な出来事が二つ起こった。

一、リクデンの妻の〈かささぎ〉が子供を生んだのだが、その子の手には生まれながらにして〈金づち〉が握られていたという。

二、リクデンが学校の経費から二千元を持ち出し、磚茶(たんちゃ)の底に貼付けて上級幹部にプレゼントしたところ、県庁のほうへと配置換えになった（〈かささぎ〉も一緒に配置換えになった）。

――以上が、新学期開始の際の「ニュース」である。

新学期が始まるとすぐに、各学校を視察していた上級幹部がこの学校にもやってきた。幹部の腰に〈鍵〉の束がくくりつけてあったが、その中には非常にできのよい爪切りもあった。皆はその爪切りをじっくりと眺めて、「見ろ、あれはリクデンじゃないか?」と言った。

皆は「おお、そうだ、そうだ」と言った。

上級幹部を送ってから、新任の〈ひしゃく〉校長はみなの顔をじっくり見渡し、「その通り。幹部殿はたくさんの道具を持っておられるのだ」と言った。

སྡེ་དཔོན།
村長

似たようなことを考えていても、傍からは異なって見えるのがこの世のならい

『カチェ・パルの箴言』より

その日、村長のタルバは悪夢のせいで早々に目が覚めてしまった。その夢たるや、ひどく恐ろしいもので、決壊した用水路から水が怒涛のように流れ込み、村が水没するというものだった。ここ数年、このような洪水が内地で発生しているのをテレビで目にしたことがあったが、まさにそれを彷彿させるような夢で、家も塀も木々も水びたしになり、大勢の人々が浮いたり沈んだりしながら泣き叫んでいた。村長のタルバは恐怖のあまり目が覚め、明け方までほとんど眠りにつくことができなかった。この用水路は五年前に作られていた。当時のリラ村はひどく貧しかったので、お上が用水路の工事費用として信用組合から五千元を無利息で融資してくれた。とはいえ、いまなお借金の返済はできておらず、信用組合の人が再三再四取り立てようとしたものの、村の帳簿には接待費すら残っていないので、催促に来た者も怒って帰るしかなかった。そんな時、村長は恭しく彼らを自宅に接待したが、出てくる料理もジャガイモ炒めがせいぜいのところだったので、帰路につく彼らは前にもまして腹を立てているのであった。

　朝食を食べたあと、村長は独り村の外に出て、念入りに用水路を点検していった。すると、なんと中集落の〈おしゃべり男〉カトゥクがこっそりと用水路のコンクリート板を何枚か引きはがして荷車に載せ、盗もうとしているではないか。用水路の両壁は歯の抜け落ちた老人の口元のようにぼろぼろになっていた。村長が言葉を失っていると、カトゥクが怒声を浴びせてきた。「なんだよ、みなこぞって豚小屋の資材用に持ち出しているのに、あんたときたら、何も言わなかったじゃないか」さすがの村長もむかっ腹を立てて、コンクリート板を荷車から引きずりおろし、カトゥクを厳しく叱りつけた。カトゥクの方もおしゃべり男のあだ名に負けず、さんざん罵り返してきた。

　昼飯を食べてから、村長は再びくまなく用水路を点検して回った。家に戻った頃には、大地も村長の顔色も暗く翳っていた。帰宅してみると、妻は晩御飯を作っている最中だった。村長は肺を患っているため、普通の献立ではだめで、家族三人とも油の少ないあっさり目のものばかり食べている。帰宅した夫の腹の虫のいどころが悪いのを見てとった妻は、急いでこうべをおとし、ムレスズメという棘のある灌木（かんぼく）の束をかまどに突っ込んで、彼が帰ってきたことが目に入らないふりをした。タルバの怒りは鎮まるどころか、「そんなに火を焚いて鍋でも溶かすつもりか。今じゃどの家もムレスズメの木を採っちゃいけないことになっているのを聞いてないのか。お前、罰金でも払いたいのか」と叱りつけた。

すると、家の中にいた老母が口を開き、震え声でこう言った。「なんだね。嫁が柴や薪を焚きつけたくらいで、いちゃもんをつけるのかい」母親はゆっくりとこちらにやってくると言葉を継いでこう言った。「お前ときたら、いつも村長の職務にかまけて、うちの仕事は嫁に丸投げじゃないか。そのくせに何だね、外でむかつくことがあると、嫁に八つ当たりするのか。嫁だって今さっき仕事から戻ってきたばかりなんだよ」村長はちょっと考え、まったく母親の言う通りだと思って黙り込んだ。母親はさらに「お前は自分の体を気遣った方がいいよ。お医者さんも養生するようにと言ってるじゃないか。いくら村のためにがんばっても、悪口を言われるのがいいところ、褒めてくれる者などいるもんか。嫁や、あんたは晩御飯を作りなさい。私はオンドル〔床暖房の一種。かまどの暖気を床下の煙道に通して床を暖める〕に上がるから」と言った。妻は小さい声で「はい」と言った。

オンドルに上がった母親に晩御飯を渡すと、夫婦二人はかまどの両わきに座ってうどんを食べた。村長は箸でお椀をゆっくりかきまぜながら、さらに何口か食べて、穏やかな声で言った。「ちょっと粉が古いんじゃないか」妻は顔をあげることもできず、「しばらく小麦を挽いてないから粉がなくなりかけているの。容器の底をさらって粉を集め、ようやく夕食を作ったのよ」と答えた。考えてみると確かに半年ほど小麦を挽きに行っていない。家から水車小屋までそう遠くないが、小麦一袋挽いてもらうのに三元かかる。とはいえ代金なら数日以内に支払えばいい。そう思って彼はお椀を置いて立ち上がった。

タルバは奥の間に入って小麦四袋を一袋ずつひっぱり出して、扉の傍らに置いた。それから中庭に出て、荷車を引いてきた。日はとっぷり暮れていたが、月はまだ昇っていない。朧な星の光のもと、休まずに三回往復したら息があがってしまった。あと一袋だ。中庭で一息つこうと思ったとたん、山の上の方から「村の役人はすぐさま学校に集合せよ」との学校放送が聞こえてきた。

この会議は、今日の午後、村長が激昂していた最中に決められたことだった。

村長は荷車をその場に置いて、ゆっくりと学校に向かった。夜の学校は人気もなくひっそりと静まりかえっており、村長はたった一人、会議室に入ってみなを待った。そのうちに二人目がやってきた。村長はさっさと水車小屋に行っておけば粉を挽き終えることもできたのにと思って悔やんだ。会議室に二番目に現れたのは中集落のレドである。もともと中集落の長は彼の長男なのだが、レドはいつもその仕事ぶりが気に入らず、こと村の問題となると、話の大小にかかわらず口を突っ込んでは異議を唱え、自分の望み通りの決定を下したりしていたので、次第にみなから集落長扱いされるようになっていた。村長はレドを横目で見やったが、何も言葉をかけなかった。直後に上集落長のドルジェも到着した。彼は村長を見やり、「遅れたな」と言うように笑顔を見せ、あたりを見渡してばらばらに置かれていた腰掛をきちんと並べ直し、笑顔を振りまきながら片隅に座った。次に村の会計のドルマがやってきた。彼女は左手にかかえてきた魔法瓶を村長の前に置き、前から用意しておいた茶碗を急いで手に取り、「夕食の支度をしてたらちょっと遅くなってしまって。これ、先ほど搾ったヤギのミルクで作った乳茶ですから」と言いながら、まずは村長の椀になみなみと乳茶を注いで目の前に置いた。村長はすぐさま笑顔を見せて「仕方ないさ。家庭の主婦は仕事を山ほどかかえているものだ。あんたのところのヤギはミルクがたくさん出るそうだね。このすばらしいお茶の色をご覧よ。初乳のように濃い色をしているじゃないか」と言った。

ドルマはさらにレドにお茶を注いでから、そのままドルジェの隣にやってきた。ドルジェはひどく嬉しげな様子で「なんでもタルジのところで雌ヤギを一頭買ったそうだが、そのミルクときたら牛乳も顔負けだそうだ」と言った。これを聞いた村長が仏頂面で「口から出まかせを言うな、お前はヤギと牛の大小もわからないのか。お前のところのヤギは牛ほどの大きさでもあるのか」と言うと、ドルジェは「へっ、そんな話を小耳にはさんだもんでね」と言って舌をぺろりと出した。ドルマは村長が一口しか飲んでいないお茶に注ぎ足すと、魔法瓶を床に置き、村長の傍らに座った。

ドルマは十年ほど前、ひとしきり村人の口の端に上ったことがある。まだ若いのに人が止めるのも振り切って高校を中退し、この村に嫁に来たからだ。美人な上に教養もあったので、村はすぐに彼女の噂でもちきりとなった。その後、村の会計が必要になった時、村の役人たちは満場一致で彼女を選んだのである。

村長は再び乳茶を一口飲んだところで、何事か思い出し、ドルジェをまっすぐ見やって「党費の徴収は終わったのかね?」と尋ねた。ドルジェは無理に作り笑いを浮かべて、「終わったことは終わったが、まだ上にはあげてない」と答えた。村長は不信の色もあらわに、「どうしてだ。それで利息でも儲けるつもりか」と問い質した。ドルジェは言い訳がましく「最近じゃ、郷に行くトラクターもなくてね。明日、歩きで行って支払っとくよ」と言った。村長がさらに何か言いかけたところに、会計のドルマが笑いながら「まだ若いのに、たかだかあの程度の距離でへこたれてどうするんです。村で最初に用水路を作った時なんか、村長さんは毎日村と郷の間を数回は行き来してましたよ。当時はトラクターなんかなかったし。そうですよね?」と口をはさみ、村長の顔を見やった。

村長は腕時計に目をやり、ドルマの方に向き直って、「もう九時半じゃないか。後の連中がまだ来ないのはどういうわけだ」と文句を言った。ドルマは心得た口調で「下集落長のサンペルさんはお母さんを連れて温泉に行ってます。あとは書記さん一人だから、先に会議を始めてしまいましょうよ。私はまだ家の用事が沢山残っているし……」と言った。村長はもっともだと思って頷き、茶碗を傍らに置いて言った。「では会議を始めることにしよう。レド――」うつらうつらしていたレドはこの声にはっと目を覚まし、周囲をきょろきょろ見回して、「全員集まってもいないのにどうして会議が開けるんだ」と言った。村長が真面目くさって「あとは書記だけだが、もうちょっと待てば必ず来るだろう。会議をしながら待てばいい」と言うと、レドは鼻でせせら笑って、「来るわけないさ」と答えた。村長はわけがわからず、「どうしてだ」と訊くと、レドはいたく不興げに、「書記の奴、暗くなりかかった頃に、トラックに木材を山積みにして町に行ったという話だ」と答えた。

村長はその話を聞くや激昂した。彼は以前から、村の役職についているものは誰であれ副業をしてはいけないと釘をさしていたからだ。だが書記が率先して規則破りをするのでは、怒りのやり場もないではないか。とはいえ、村人の半分は書記と血縁関係があり、書記と村長の権力は同等なので、ドルジェを叱るようなわけにはいかない。ドルジェが「トラックで運び出すほどの木材なんてどこにあったのやら」と言うと、レドが「ふん、われらが書記殿は自分の利益になることにかけては手練手管、まったくもって悪知恵が働くからな。県の林業局のおいぼれ狼たちがいつだってあいつの家を訪れているじゃないか。わかっているのはトラック一台分だが、これまでこっそりどのくらい運び出したか知れたもんじゃない」と言った。

その時、子供が扉をあけてドルジェに向かって、「父さん、母さんが家に戻ってこいって。お客が来たって」と言った。ドルジェはまなじりをあげ「会議中なのがわからないのか。うちに戻れ」と言い、その場にいない妻を口汚く罵った。

村長はまたしても茶碗を手に取り、茶を一口啜ってから考えをめぐらせ、腰掛の上で体を楽にしつつ、「それじゃ、書記はいないが、話し合いを始めることにしよう」と言った。「話し合いというのは他でもない、村の用水路のことだ。最初に用水路を作る時、多額の借金をして、いまだ返済もできていないのはみなも承知の通りだ。今日、用水路を点検に行ってみたんだが、なんと中集落のカトゥクが白昼堂々、用水路のコンクリート板を荷車に積み上げて盗もうとしていた。やっこさんが言うには、豚小屋を作っているところだが、あたりに材料になる石がないだとさ。ならこんな風に用水路を壊してもいいのかと訊くと、『俺一人じゃない、みな持ち去ってるじゃないか』と言いやがった。そこで『これは村の公のものだ。みな、今年も畑に水を引く必要があるはずだ。そんなことをするんじゃない』と言ってやったら、『みなが畑に水を引く必要がないと思ってるなら、俺んとこだって別にいらないぜ』ときた。とんでもない野郎だ。用水路はすっかり歯抜けの状態になって、もう使いものにならなくなってる。例年、うちの村は充分な水を貯水池に蓄えられない上、砂地にどんどん浸み込んでしまうので畑まで水をうまく引いてこれない。ならば用水路の補修をすべきじゃないか。そのためには必要な費用をなんとか捻出しなくちゃいけない。今宵はまず、そのことを話し合いたいんだ。みな、それぞれの意見を言ってくれ」

話し合いの場はしんと静まり返り、口を開くものはいなかった。外では強風が吹き荒れ、扉や格子窓がバタバタと音を立てている。村長はドルジェに目配せをして、「あんたの意見を言ってくれ」と呼びかけた。ドルジェはちょっと考え込んで「金の件は本当に厄介だ。でも用水路の件もないがしろにはできまい。村の人口は五百名余り、一人につき六元か七元ほど集めれば二千元か三千元になるから、それでなんとかならないか」と言った。

それを聞いたレドはすぐさまこう切り返した。「そんな大金を払えるやつがどこにいる。家族が多けりゃ、どうしても八十元、九十元と支払うはめになる。こうした類の出費は、そもそも村の共益費を使うか国に出してもらえばいいんじゃないか」

会計のドルマがすかさず突っ込んだ。「共益費でそんな大金出せるわけないですよ。ここ数年、共益費の徴収すらしてないことはみなさんよく知ってますよね。今だって、政府のお偉いさんが来ても、接待用の煙草を購入する金さえないんだから」

こう言い返されたレドは、いたく不愉快そうな表情を見せて「へっ、じゃあ、金のある奴が出せばいいさ。大半の家は出しゃしないぜ、この俺が請け合ってやるよ。偉そうな顔して説教たれてればいいってもんじゃないよ」と言い放った。

ドルマの顔は真っ赤に染まった。彼女はしばらくレドを見つめていたかと思うと、手で顔を覆って泣き出した。村長も続いて発言するつもりだったが、さすがに口を開けずにいた。レドも気まずそうにそっぽを向いていた。会議室は再び静まり返った。耐えきれなくなったドルジェが「今年の天気はいつもと違う。雨の季節になったらたっぷり降るんじゃないか」と取り繕うと、村長までもが不機嫌な表情を見せて、「雨の季節がくるからって、用水路の補修が不要だとでも言うのか」と返事をしたので、ドルジェもまたうなだれてしまった。

しばらくして村長は立ち上がり、「じゃあ今晩の会議はここでお開きにしよう。書記も明日か明後日には戻ってくるだろうから、明後日に再び会議を開くことにしよう。みなうちに戻って、それぞれ考えてみてくれ。では解散」と言うと、みな会議室から三々五々出ていった。村長もドルマと一緒に外に出た。

道すがら、それぞれの思いにふけっていたのか、二人は長いこと黙りこくっていた。しばらくして村長は穏やかな声で「レドがあんなことを言ったのも、実態がわかってないからさ。俺たちは役人なんだから、あんなことで腹を立てるわけにはいかないな」と言った。ドルマも小さな声で「実際のところ、レドさんがああ言うのも無理ないですよ。あのうちは家族が十二人もいるんです」と答えた。村長はまた口を噤んでしまった。別れしな、村長は再びドルマに「ゆっくり休むんだぞ」と慰めるように声をかけ、自分のうちへと向かった。

村長は一旦家に戻って、小麦袋を水車小屋に運ぶつもりでいた。だが家の門をくぐってみると、家の灯りはすべて消えていた。のろのろと手探りであちこち探しまわってみたが、小麦袋も荷車もなくなっていた。妻が水車小屋に運んでくれたに違いない。

村長は慌てて外に出て、急ぎ足で水車小屋に向かった。妻はとうに粉を挽き始めており、大方終わりかけて、粉をかぶって白くなっていた。夫がやってくるのを目にした妻は、優しい声で「あなたは早く休んでちょうだい、もうすぐ終わるから」と言った。粉を挽く騒がしい音にかき消されて聞こえなかったのか、村長は答えもせずにやってくると、挽きおわった小麦粉の入った袋の口を縛り、持ち上げて車に載せ、一袋ずつ運んでいった。

二人して最後の袋を運んで帰る頃には夜もとっぷり更けていた。遠くの家も近くの家もみなすでに灯りを消している。外をほっつき歩いている若者たちの話し声も聞こえなくなっているのに、上集落長のドルジェ家の灯りだけがいまだ皓々と灯っていた。村長は荷車を中庭に置き、よいしょと小麦袋を持ち上げて歩き出そうとしたとたんに、運悪く丸太にけつまずいて、「うわっ!」と声をあげ、小麦袋を持ったまま地面に倒れてしまった。音を聞きつけた妻が駆けよってみると、村長は両手で片方の足首を押さえていた。「どうしたの?」と妻が訊くと、村長は痛みをこらえながら「何でもない、何でもないよ。ちょっと足首をひねっただけだ」と言った。妻は慌てて、あらんかぎりの力で夫を立ち上がらせ、夫の片腕を自分の肩にまわし、寝床のあるオンドルに連れていって座らせると、電気をつけて靴を脱がせた。妻は運んできたばかりの小麦袋を開けて、小麦粉を小皿半分ほど取り、くるぶしの腫れた皮膚につけてマッサージした。村長は、あかぎれだらけの妻の手を目にして、心がずんと痛むのを感じた。彼は無理して体をおこし、胸もいっぱいになって「これまで家のためにずいぶん苦労をかけたな。それもこれもみな俺のせいだ。家長としての責任をはたしてこなかったせいだ」と声をつまらせた。妻は何も答えようとせず、うなだれて黙っていた。村長は再びため息をついて、「今、村はいろいろな問題を抱えていてな。役職についているのに公共精神のかけらもない。私利私欲に走って恥をも知らん」と再びため息をついた。

その晩、上集落長のドルジェ家には確かに来客があった。先程、集会が終ってから集落長が急いで家に戻ってみると、人狼トンドゥプが待ち受けていた。郷の林業局の役人であるトンドゥプは、木材の違法伐採者を罰することにいたく熱心だったため、みな、独身男(ミチャン)をもじって人狼(ミチャン)と呼んでいた。

人狼トンドゥプの姿を見たドルジェはひどく喜んで、ご馳走しようとポケットから小銭を出し、妻の手に押し込んで「書記の家に行って、酒を一升買ってきてくれ」と命じた。

妻はためらって「こんなに夜遅く扉を叩いたら、書記さんが怒るんじゃない?」と言った。

ドルジェは「大丈夫だ。あいつは今晩、留守だからな。先ほど木材を車に山ほど積み込んで運び出していって――」と言いかけ、自分が口をすべらせたことにはたと気づいて、慌てて「おい、早く行ってこい」と言った。

ドルジェの妻が出かけたあと、人狼トンドゥプは「おい、あんたのところの書記は、材木をどんな車に乗せてどこから運び出していったんだ?」と訊いた。ドルジェは不安そうに、「材木といっても書記のものだろうよ。だいたいこの話は人から聞いたんだ。本当かどうかも知らん。俺が口をすべらせたと人に言わないでくれよ。書記の耳に入りでもしたら、ろくなことにならないから」と言った。

人狼トンドゥプは一笑に付して、「へっ、奴がそんな沢山の材木を持っているわけがない。あいつがこっそりと違法伐採していることは前々からばれてるんだよ。今度こそきちんとお仕置きしてやらなきゃ男がすたる。あんたらの書記は自分の権力に酔いしれてるのさ。まさに『眼中人無し』ってやつだ。奴が書記だからといって、俺はびびったりしないぞ。俺に刃向うのは、お上の法律に刃向うのと同じだ」と言い放った。

ドルジェは怯えきって、「おい、やめてくれ。だいたい本当の話かどうかもわからないんだから」と言うと、人狼トンドゥプは笑って「おい兄弟、怯えることはないぜ。この一件はあんたとまったく無関係だ。あんたが口をすべらせたとは誰にも言わないから心配するな」と言った。

二人は夜半まで酒を酌み交わし、人狼トンドゥプは酒の勢いにまかせて、村の材木の違法伐採をいかに察知して、密売人を罰してきたかを縷々語り、自分がいかに有能で、権力があるかを誇示してみせたのであった。

朝になると、村長の妻は昨晩塗った小麦粉の残りを持ってきて、タルバの脚を見やり、「まだ痛むかしら? 昨日、小麦粉でマッサージしたから腫れずにすんだわ。もうちょっとマッサージしてみましょう」と言って、ズボンの裾をたくしあげて、昨晩のように小麦粉をつけてマッサージを施し、靴をはかせた。その時、外から呼ぶ声がしたので、妻が急いで扉を開けに行くと、人狼トンドゥプの姿があった。村長は足を引きずりながら扉のところに行って、彼を家に招き入れた。

人狼トンドゥプは書記の材木密売の一件を村長に告げ、「今回は最低でも何千元かは罰金を科すことになるな」と言った。村長タルバは「罰金何千元」と聞いて胆をつぶし、人狼を見やり、「事実かどうかまだわからないから、我々で調査を行おう。その後であんたがたが判断すればいいんじゃないか」と言った。人狼トンドゥプは同意のしるしに頷いてみせ、「それでもいいな。いずれにせよ、村の全面的な協力が必要だ」と答えた。

村長は顔に笑みを浮かべ、「それならいい。まずは我々で調査してみることにしよう。もしそれが本当なら我々も責任を免れ得ない」と言い、さらに声を低めてこう言葉を継いだ。「他ならともかく、この件は一筋縄じゃいかないからな。ろくに調査もせずにそのままぶちまけたら、お上のメンツをつぶすことになるだろうし。そのことはあんただってわかっているだろう?」人狼トンドゥプもこれには同意せざるをえなかった。

人狼トンドゥプが帰っていってから、村長はしばらく考え込んでいた。妻は奥の間へ行ってパンとお茶だけを持ってきて、夫と母親に朝食を出し、自分もお茶と昼食用のパンを半分ほど持って仕事に出かけていった。村長は一人パン少々を口に運び、考えにふけっていたが、しばらくして「ラモを養女にできればいいのになあ」とひとりごちた。村長夫妻には子供がなく、村長が元気な時には、常々妻にこう言っていたのである。ラモは会計のドルマの下の娘で、村長によく懐いていた。だがドルマに反対されることを恐れて、これまであえて口に出したことはなかった。代わりにいつもドルマの耳に入るように「夫婦が子供もなく老いていくのは本当に辛いもんだよなあ」と意味深長に嘆いてみせていた。そんな時、会計のドルマも同情の念をあらわにしてみせるのであった。

村長がそんな思いにふけっているところに、扉がギィーときしみながら開き、当のドルマがうちの中に入ってきた。彼女は一瓶のミルクを携えてきており、急いで村長のそばに寄ってきて、足の具合はどうかと尋ねた。村長は無理をして立ち上がると笑顔を見せて、「大丈夫だよ。捻挫じゃないようだ。歩けるさ」と言いながらため息をつき、「もう年だからね。あんな程度の仕事もうまくできなくなってきたんだ」と眉間にしわを寄せてみせた。ドルマは頷いたものの、何と言葉を返したらよいのかわからない。ふとミルクを持ってきていたことを思い出して、急いで掲げて見せると「村長さんのお母さんにミルクを持ってきたんです。乳茶でも作って飲んでください」と言いながらかまどの火をおこした。村長は慌てて「そこまでしてもらわなくてもいいよ。あんたたちも大変だろう。ミルクは持ち帰ってラモにあげなさい。おじさんがそう言っていたよと伝えておくれ」と言った。ドルマは笑いながら「ミルクを持っていってあげてと言ったのはラモですよ。うちにはまだミルクがありますから」と言い、村長が押しとどめるのも気に留めず、やかんにミルクを注いだ。

乳茶が沸くと、ドルマはそれを茶碗に注いで奥の間にいる村長の母親のところに持っていき、それから村長にも茶を入れた。お茶を飲みながら、人狼トンドゥプが今朝やってきた経緯を語り聞かせると、ドルマは「ふん」と鼻をならし、「罰を受けて当然ですよ。あいつときたら、権力を利用して私腹をこやすことばかり考えていて、村のためには指一本だって動かそうとしない。罰金数千元だって少ないくらいですよ」と言った。村長は何も言わず、しばらく物思いにふけっていた。

その日、村ではまた新たな事件がおきた。人狼トンドゥプが自宅にもどる道すがら、中集落のカトゥクがムレスズメの枝を積んだ荷車を引いて家に帰ろうとしていたところに出くわしたのである。人狼はカトゥクを押しとどめ、指を突きつけてひどく罵ってから、罰金五十元を払え、と言った。カトゥクは、豚小屋の屋根を葺くためにちょっと頂戴しただけだ、家には茶葉を買う金すらないのに罰金なんて払えるものかと言い返した。人狼はさらに腹を立てて、カトゥクの胸ぐらをつかんでさんざんっぱら罵倒したあげく、罰金を払えないのなら今すぐに林業局に出頭しろと言った。怒りを抑えきれなくなったカトゥクがその場で人狼の顔に一発くらわすと、そばにいた人たちが駆け寄って二人を引き分けた。カトゥクはなおも猛り狂った様子で「この狼野郎、弱い者いじめしやがって。たかだか灌木を切ったくらいで目をつけるくせして、トラック何台分も材木を運び出してる奴にはお目こぼしかよ。お前に胆があるなら、奴から罰金をとってみるがいい」とせせら笑った。

人狼トンドゥプは怒り心頭に発し、頬を押さえたままで村長の家に戻り、村長に向かって、この落とし前をどうしてくれる、きちんと対処してくれないなら郷に行って派出所に訴えるとまくしたてた。人狼の頬が青く腫れあがっているのを見てとった村長は思わずカトゥクを悪しざまに罵り、ことをなんとか上手く収めようと、カトゥクは愚か者だからいかんともしがたい、派出所に訴え出ても互いに遺恨が深まるだけで何にもなるまい、ここはしばらく我慢してほしい、こちらで厳正に処理するからと縷々説得につとめた。人狼もまた、しばしばこの村に足を運ぶ必要があるので、村長の言葉に胆が冷えるのを覚えたが、表面上は不敵な態度を装って「あんなやつ、怖くもへったくれもない。だが今回はあんたの顔を立ててやる。だが、この件はきっちりと処理してくれよ」と言い捨てて帰っていった。

村長は会計のドルマのところに足を運んで、カトゥクの家に行ってくれるよう頼んだ。ドルマは村長の頼みを受けて、カトゥクに罪の大きさをこんこんと説き、他の村では不法伐採者や罰金の支払いを拒んだ者が逮捕され、中には刑罰を受けた者もいること、すぐに村長のところに行って反省し、罪を認めれば罰も軽くなるかもしれないと伝えたのである。そうしておいて村長自身は雲隠れして、カトゥクが手みやげを持って何度か家にやってきても会わないようにした。カトゥクはすっかり意気消沈してしまい、家に引きこもって、いつ公安が捕まえに来るのだろうかとびくびくしながら過ごすようになった。実のところ、人狼の職権乱用に一度お灸をすえるついでに、カトゥクにも多少思い知らせてやろうと村長は思っていたのである。

この一件から三日目の午後、書記が帰宅していることを知った村長は、その夜に会議を行うとの通達を出した。

夜の会議に、先陣をきって姿を現したのはもちろん村長である。次に到着したのは上集落長のドルジェで、続けてすぐに会計のドルマが姿を現した。村長がずっと咳き込んでいるので、ドルマが慌ててコップに白湯を注いで手渡した。ドルジェはドルマに向かって「冷たい水の方がいいんじゃないか」と声をかけた。村長は違うというように手を振り、「同じようなものさ。持病がまた出てきたらしい」と言った。上集落長のドルジェは真剣な様子で「だったら帰って休んだらいいんじゃないか。会議なら書記もいることだし」と言った。村長はさらに続けて咳を何度かしてから、「何としても会議に出ないとな。大丈夫だ」と言った。その時、何人かが続けて到着し、最後に書記とレドの二人も相次いで姿を現した。

書記は名をクンザンといい、村長より五つほど年下である。子供は三人おり、長男と長女はすでに就職している。次女はクンザン夫婦の世話をするために家にとどまっていた。この次女が生まれてしばらくして、書記は不能になってしまった。そのため妻の愛情は薄れ、こっそりとある男と浮気をするようになった。当時、書記もそのことに気づいてはいたが、「片目をつぶり、片耳をふさぐ」以外、どうしようもなかった。五年ほど前、県庁の町に漢方の名医がいると聞いて、クンザンは町に出かけてその医者に診てもらった。医者は彼の訴えに耳をかたむけて「大丈夫だ。漢方薬を長く飲み続ければいい」と言って、たくさんの漢方薬を調合してくれた。二ヶ月ほど薬を飲み続けたところで書記は精力を取り戻し、もはや妻を気にかけることなく、同世代の村の女ハッキと浮気し始めた。書記にしてみれば、これは妻への意趣返しなのだ。いまや夫婦の間には愛情の片鱗もないと言っても過言でなかった。ハッキは人目も憚らずいつでも書記と出歩いていた。書記は彼女の言いなりで、彼女が村の労働に参加したくないと言えば特別に免除してやっていた。温泉に行く際にもハッキ連れで、費用はすべて書記もちだ。そんな有様なので、村中で二人の関係を知らないものはいなかった。書記の妻は夫の仕打ちに耐えられず、去年の初めごろから、県庁の町で働いている娘のところに身を寄せるようになった。ハッキの夫は真面目な男で、初めのうちはあれこれ噂を耳にしても根も葉もない話だと気にも留めなかった。そのうち周囲から意見されて、妻に一発くらわしたら、妻はさらに奔放に振る舞うようになってしまった。困りはてた夫は、書記に直談判する勇気もないため、村長のタルバに相談することにした。村長もこの件をどう処理したらよいのかわかりかね、書記と二人きりになった機会をとらえて、ハッキとの関係はいき過ぎだ、ハッキの夫が訴え出てきている、こんなことを続けていたら党と指導者の名に傷がつくと説教した。書記は怒り狂って俺はそんなことはしていないと言いつのった。「俺はお上から任命された書記で、お前は民衆から選ばれた村長だ。俺の仕事にいちゃもんつけるんじゃない。地位からいっても、俺に口出しする権利などお前にありゃしないんだ」村長もこれには激怒して、「ふん、あんたみたいな書記がどこにいる！」と言い返した。それからというもの、二人は犬猿の仲になったのである。

会議の間も、書記はずっと煙草をふかしながら何事か考えているかのように黙り込んでいた。村長は、村の現状についていろいろと報告をしてから、最近の問題について取り上げ始めた。論題が用水路の補修工事の件に移ると、村長は重々しい表情になってこう切り出した。「みなもよく知っているように、我々農民にとって水は死活問題だ。だから用水路の問題は決してないがしろにすべきでない。俺の考えでは、家族の人数に応じてか、あるいは畑の大きさに応じて修理費用を拠出してもらうべきだと思う。この件について、みなの意見を聞かせてくれ」

村長はなおも書記に向かって「この数日、用水路を視察していたんだが、まったくひどいもんだった。人間と家畜に壊されて歯が抜けたようにぼろぼろになっている。先日もあんたと用水路の補修工事の件を話し合うつもりだったんだ。さもないと、今年は水で苦労することになるぞ」と言った。書記はわざとらしい笑みを浮かべ「それは素晴らしい。そんなに結構な計画なら、俺に相談するまでもあるまい。穴掘り仕事はあんたの管轄だろ。あんたが決めればいい」と言い放った。

その場が凍りついた。しばらくして、耐えきれなくなったレドがまず口を開いた。「他の村はたいして困ってもいないのにお上から資金援助してもらっているじゃないか。だったら俺たちの村も援助してもらえるかどうか、試してみたらどうかね」会議の席上にいた何人かがその通りだと頷き、一転ざわつき始めた。

続いてドルジェが村長の顔を見て立ち上がり、こう発言した。「レドの言ったことにも一理ある。でも、お上が俺たちに金をくれるなんてことがあるだろうか?」彼はかぶりを振った。「あるわけないさ。リラ村が貧しいことは、お上だって先刻承知だ。承知の上で、これまでこれっぽっちの援助金もくれなかったんだ。それにこれまでも頼んでこなかったわけじゃない。あの用水路を最初に作った時だって、村長が毎日のように足を運んだのに援助してもらえず、仕方なく借金をしたんじゃないか。お上が他の村に援助金を出しているのは確かさ。だが、それは村から役人が出て、お偉いさんになっているからだ。お上に期待したって援助などもらえるわけもない。まさに『骨折り損のくたびれもうけ』だ。だから俺は村長の意見に賛成だ」みなもまったくその通りだと同意した。

会計のドルマも「その通りです。自分たちに投資するのは当たり前のことだわ。私のところは五人家族だから、百元を拠出することにします」と言った。

こうして会議の雰囲気が徐々に盛り上がってきたので、村長もドルジェの方を見て頷いてみせた。と、そこで書記が口を開いた。「ほうほう、そのように金を出してくれるとは、まさに村人の鑑だ。とはいえみなそれぞれの懐具合に応じて金を出し、集まったお金に応じて用水路の補修をすればいいんじゃないか。『狐は虎穴に入らず』、身丈にあわぬことをするなと言うだろう。俺はというと、このところ少々物入りでね。五元ほどしか出せないが、その旨記帳しておいてくれ」

まさか書記がこんな発言をするとは思ってもおらず、みなしんと静まりかえってしまった。と、レドがガタッと音をたてて立ち上がり、書記の顔に指を突きつけた。「なんだ、その言い草は！　小金を貯め込んでいるくせに、よくそんなことをほざけるな。書記だからといってそんな風に人を馬鹿にしていいと思っているのか。うちには家族が十二人いる。家計は大変だが、今回は何としてもきっちりと金を拠出させてもらうぞ」と言った。書記もすぐさま立ち上がり、「じいさん、あんたは黙っていろよ。あんたごときが俺に偉そうな口がきけると思うなよ」と応戦した。

村長は慌てて割って入り、言葉巧みに二人をなだめた。「まあまあ、それくらいにしておこうじゃないか。それぞれ考えがあってのことだ。喧嘩するまでもない。みながこのことを考えてくれているのはとてもいいことだ。大切なことは、きちんと考えることだ。誰も悪くないさ。今はちょうど現金のない時期だし、種まきの準備もしなくちゃならん。よし、こうしよう。明日、郷政府のお偉いさんたちのところに行って、援助金を出してもらえるかどうか頼んでみることにする。それが無理なら、郷の財務局が低金利で融資をしてくれるという話を最近聞いたので、そこから金を借りることにしよう。拠出金については、ヤギの毛を売り終えてから集めることにすればいい。そうだ、明日、出かけることとしよう」と言って、会議を終わらせた。

みなが出ていった頃、村長は「クンザン、ちょっと待ってくれ。二人で話しておきたいことがあるんだ」と言って書記を呼び止めた。書記はゆっくりやってきて村長の傍らの腰掛に座り、胸ポケットから「青海湖」印の煙草を取り出すと一本抜いて火をつけた。口から青い煙をくゆらせながら、何やら考え事をしている。村長は彼をしばし見つめてから立ち上がり、「あんた、いつ帰ってきたんだ?」と問いかけた。書記はしれっとした表情で

「え、なんだ？　またお説教か？」と答えた。

村長のタルバは顔をすこし紅潮させてしばらく考え込み、ため息をつくと、「おととい、あんたが木材を運び出していたことが人狼にもばれている。あいつは俺のところに来て、少なくとも数千元の罰金を課すと言っていたよ」と言った。

書記はすぐに嘲りの笑みを浮かべ、「ああ、あの狼どもが告発してくるだろうということはわかってた。問題ない。多少罰金くらったぐらいでびびったりしないよ。さて、俺も仕事があるからここで油を売ってるわけにはいかなくてね」と言い放った。村長はむっとして、「いずれにせよ、あんたもこの村の役人だろうが。用水路の補修工事の件はあんたの業務でもあるんだぞ」と言い返した。書記は小馬鹿にしたように鼻でせせら笑い、「さっきも言ったように穴掘り仕事はあんたの管轄だ、好きにするがいい。そうそう、それから俺の罰金の件についてはご心配なく。はい、ありがとさんよ」と言うや、腹立たしげな様子で去っていった。

村長はしらばくそこで佇んでいたが、咳が立てつづけに出てきたので、また持病の発作が出てきたかと思い、のろのろとした足取りで出ていった。

帰宅すると、妻はもう床に就いていた。奥の間から聞こえてくる母親の長いいびきは、彼方からの鬨(とき)の声のようだ。村長はのろのろとオンドルに近づき、上着を脱いで床に入ろうとした。すると妻が目を覚まして、夫をじっと見つめ、「さっき製粉代を受け取りに人が来たわよ。電気代の支払いがまだだと言っていたけど」と言った。村長は横になりながら「適当なことを言っているんだよ。電気代を払ってまだ十日も経っていないじゃないか。明日、何元か払っておくさ」と言った。妻は彼を見て、とても優しげな笑みを浮かべると、もう休んでちょうだいと言った。その笑みは嫁に来た頃を彷彿とさせた。村長は全身に力が蘇ってくるのを感じ、たちどころに妻の布団にもぐり込んで電気を消したのである。

翌朝は曇天で、雪がぱらぱらと降っていた。気温も急に寒くなったような気がする。村長は朝早く起きた。妻は朝食を作り、彼に茶を注ぎながら、「今日は寒風が吹きそうね。そろそろ雪が降ってくれたらいいのだけど」と言った。まったく農民にとって、この時期の雪は黄金より貴いものなのだ。村長は頷くと、胸ポケットから金を出して妻に手渡し、「昼に製粉代を払っておいておくれ。あまったら自分の手袋を買うといい。今は仕事も大変だからな」と言った。

妻は彼の顔を見つめて、「あら、どこに行くの?」と言った。村長は妻に向かって「今日は郷政府に行かなきゃならん。用事があるんだ」と答えた。妻はかまどの前に座ってお茶を飲みながら、納得のいかない顔で「今日はこんなに寒いのに。明日じゃだめなの?」と言った。妻が自分の体のことを気遣ってくれたのだと知って、村長は微笑み、「大丈夫だ。済ませなきゃいけない用事があるんだよ」と答えた。

朝食を終えると、村長は郷政府の会議に出席する時だけに着る古びたコートを着て出かけ、公道のたもとでトラクターをヒッチハイクしようと待ちうけた。その時、急に暖かくなり、大ぶりの雪片が中空をひらひらと舞いおりてきた。村長も嬉しくなって、ひとり鼻歌をうたった。しばらくすると、化学肥料を買うために郷へと向かう他の村の荷車が来た。

リラ村から郷政府まで十五キロほどしかないが、道が非常に悪いので三時間ほどもかかる。かつてこの道は県庁と州庁を結んでおり、その頃はこれほどの悪路ではなかった。しかし十年ほど前、山向こうで黄河を渡る橋が新たに建設されると、わざわざこの村にやってくる車はほとんどなくなり、往来も途絶え、道を補修しようという者もいなくなった。さらには長年にわたる風雨に痛めつけられ、もはや道かどうかもわからない有様になっている。今のご時世、公共精神という言葉すら失われたのかとまたしても村長は嘆息した。

郷の中心地に着いたのは、十一時ごろだった。雪は止み、うららかな陽光がさし始めた。あちこちでゆらゆらと靄(もや)が立ち昇って、春の気配が感じられる。彼は荷車引きに礼を述べると、郷政府の正門からまっすぐ役所棟に向かったが、建物の入り口は施錠されていた。あたりをきょろきょろと見回してみたが、誰もいない。そこで裏手にある職員宿舎へと足を運んでみた。ほとんどの部屋の門はかたく閉じられていたが、最後の部屋の扉が半開きになっているのが目に入り、扉のところに行ってノックしてみた。すると年の頃三十歳ほどの女が出てきた。タルバは愛想のいい笑顔を見せて「お偉いさんたちはどちらへ？」と尋ねた。女はよくわからないといった様子で、「どこの部局の？」と聞き返してきた。村長は「ここの職場の長のことです。郷の書記さんたちのことです」と説明した。すると女はこともなげに、「みんな出かけていないわよ。サナク村に行ったわ」と言って扉を閉めようとした。

村長は慌てて前に身を乗り出し、「どういうことですか？　サナク村で何があったんですか？」と尋ねると、女は少しうっとおしげな表情で「宴席に招待されて行ったの。夜にならないと帰ってこないはずよ」と言うと、家の中に引っ込んだ。村長は女の背中に向かって笑みを浮かべて謝意を表し、郷政府の敷地の外に出た。こうなってはそのまま待つ他ない。

昼休みまでまだ三十分ほどあったので、村長は財務局に行って融資の件についてはっきり話を聞いておこうと思った。財務局の扉は開いていたが、中には誰もいない。つけっぱなしのテレビだけが「聴衆のみなさんに」どこぞの「優秀部局の業績の紹介いたします」とがなりたてていた。見ると、建物の左手に日向ぼっこしながらゲーム機で一心不乱に遊んでいる若者の姿があった。村長はその傍らに行って穏やかな口調で「財務局の方々は今どちらに？」と尋ねた。若者は村長に目もくれず、ひたすら遊び続けながら、「午前の業務は終わったんだよ」と答えた。村長は自分の腕時計で確認してみた。仕事が終わるまでまだ二十分余りあるはずだ。それは間違いない。昨夜ドルマの腕時計を見て時間を合わせたのだから。村長はなおも「局長さんはいらっしゃいますか？」と問い質したが、若者はゲームに夢中で耳に入らないようだった。そこで村長は、「急いても仕方あるまい、ゲームを終えるのを待って尋ねれば、ちゃんと答えも返ってくるだろう」と日向ぼっこをしながら待っていた。

しかし、若者のゲームはなかなか終わらなかった。長いこと遊んだあげく、結果が思わしくなかったのだろう、不興気に罵り言葉を吐いてゲーム機をポケットにしまい、立ち上がった。そうして怖い顔で村長をにらみつけると、「何の用だ」と言った。村長が再び愛想笑いを浮かべて「局長さんはいらっしゃいますか？」と尋ねると、若者は「用があるなら午後に来るんだな」と言って歩き出し、テレビの電源を切ると、門を施錠して出ていった。村長が若者の後について郷政府の門のところまで行ってみると、先ほど村長がものを尋ねた女の部屋に入っていくところだった。村長は「だから『どこの部局の？』と訊いてきたのか」とひとりごちた。

その時、左手の学校からチャイムの音が聞こえてきた。昼休みの時間になったのだ。村長は日だまりに座って、授業を終えたばかりの子供たちの喧騒に耳をかたむけた。子供たちの姿をながめつつ、今時の子供たちはなんと幸せなんだろうと思うとともに、子宝に恵まれなかったわが身をかこった。ドルマの娘のラモを養女に迎えたらどうだろうという考えが再び脳裏をよぎる。ラモを養女にもらえたら、必ず学校に通わせてやろう。だがリラ村の子供たちの進学率は最低ラインだ。昨夜ドルジェも口にしていたが、リラ村で役人になれたのは書記の息子と娘しかいない。村長は「機会をとらえて何としてもドルマと話しあっておかないと」と思った。

と、不意に前方から名前を呼ばれた。顔をあげてみると、昨年までリラ村で教師をしていたゴンポ先生ではないか。彼は転勤して、今では郷の中心部の学校にいる。ゴンポ先生がこちらにやってきたので、村長も立ち上がり握手をした。ゴンポ先生は村長がここに来た理由を尋ね、握手した手を放そうとせずに、張り切って「じゃあ、是非ご一緒に昼ご飯でも」と食堂に連れていこうとした。村長は、自分は肺を病んでいるので外食は無理だと断ったが、ゴンポは聞きいれようとせず、食堂に行くことになった。食堂に着くと、ゴンポ先生をはじめとする教師たちがゆで肉を数斤と、酒瓶を二本ほど持ってやってきた。村長は酒を飲まないので、肉を食べながら彼らの会話に耳をかたむけていた。しばらくすると、酒飲みたちと一緒にいることが少し煩わしく感じられてきたので、適当なきっかけを見計らって「みなはここで酒を飲んでいてくれ。俺はちょっと用があるから」と言い繕って抜け出し、再び先ほどの場所に戻って日向ぼっこを決め込んだ。

午後の始業時間になったが、郷政府のお偉いさんたちはまだ戻ってこない。村長はまた財務局を訪れようと思ったが、こちらも職員が戻って来ているかどうか怪しいものだ。行きつ戻りつして時間をつぶし、十分ほどしてからようやく財務局に向かった。役所では、午前中ゲームに熱中していた若者と、いつも見かける老人が将棋を指していて、村長が入ってきたのにも気づかなかった。村長はそばで待つことにした。かなり時間が経ったところで若者が勝ちを収めた。若者も嬉しそうだったが、老人の方はそれに輪をかけて嬉しそうにしていた。二人はようやく将棋をやめ、それぞれの持ち場についた。老人は村長を見やり、「何の用かい?」と訊いた。村長はとっさに作り笑い浮かべ、「局長さんはどちらで?」と尋ねた。老人が若者の方を指し、「新任の局長さんだよ」と紹介すると、若者はどこ吹く風とばかり、かばんから煙草を取り出して火をつけた。村長が若者を一瞥して「え、前任の方は……」と訊くと、老人はかちんときたらしく、「『前任の方』だと。用があるなら新局長に言え。前任のやつに何ができるっていうんだ」と言い放った。村長が用件を説明すると、若者はけんもほろろに「融資なら金はまだ届いてないんだ。何日かしたら来てくれ」と答えた。村長がさらに「何日くらいかかるのでしょうか?」と尋ねると、若者は「詳しくはわからない。一週間後に来てみてくれ」と言って、そ知らぬ顔で老人と将棋の話を始めた。それ以上質問を続けるのも気まずく、村長は愛想笑いを浮かべながら役所を出た。道すがら、先ほど若者に「局長さんはいらっしゃいますか？」と尋ねても答えてくれなかった理由にようやく思い当ったのであった。

街に出ると、向こうから大小二台の車が前後に連なりこちらにまっすぐやってきて、郷政府の敷地へと入っていった。郷政府のお偉いさんたちが戻ってきたことに気づいた村長が行ってみると、幹部と役人たちが酔っぱらって騒いでおり、酒を飲んでいない者が酔っぱらいたちを家に送っていこうとしていた。村長は彼らのそばに行って頭を下げる気もおきず、さりとて背を向けるのもためらわれた。

とその時、副郷長のイダムが村長の姿に気づき、中身のなくなりかけた酒瓶を左手に急いでやってきて、「やあ、タルバ村長じゃないか。こっちに来たまえ」と言いながら腕をつかみ、そのまま無理に連れていこうとした。酒は飲まないのでと何度断ってもイダムは耳もかさず、村長を近くの職員宿舎へと連れていった。イダムは若い職員に茶を淹れさせると、禁酒中かねと聞いてきた。体を悪くしたので酒は飲んでないんですと答えると、イダムは酔ってはいたが、病気なら酒は飲むべきではない、何をするにも体が資本なのだとよけいな説教したあげく、ようやく話題はリラ村のことに移った。

「リラ村がうちの郷でも一番貧しい村だということは重々承知だ。だが今こそ貧困から抜け出すべき時だ。そのためには他からの援助など期待せず、自分たちでがんばらないとな。お前はリラ村の村長だ。今こそお前の力が試される時だ」とイダムは言った。村長はこくこくと頷いていたが、自分の用件を伝えるなら今だと思い、ふうっと息を吐くと「そのことで今日こちらにうかがったのです。私どもの村の用水路が完成してすでに五、六年がすぎ、そろそろ修理が必要な時期になっています。修理にも金がいります。しかし、ほとんどの家は化学肥料を買う金にもことかく有様で、とても修理費用まで手がまわりません。ですから、郷政府からいくばくかの金銭的な援助をしていただけないかと思い、こうしてうかがったのです」と言った。

副郷長のイダムは「やれやれ、最近はどこの村の村長も金の無心ばかりしに来やがる。やれ貯水池を作りたいだのなんだのとね。だが、郷政府は一体どこから金をもらえばいいんだ？ どこから金が降ってくるというんだ？ 来やしないさ。さっき自分たちでがんばれと言ったのもそれが理由だ」と言った。村長の心はすっかり萎えてしまったが、少し考えて「それなら県庁に行って事情を訴えてお願いしてみるのはどうでしょうか？」と尋ねた。

イダムはかぶりを振りながら、「そんなことしても無駄骨だ。今、県の財務局は給料すら出せないんだぞ。だからそんなつまらぬ用で行くんじゃない。今時のお偉いさんってのはは、いいか、賄賂を渡せばほくほく顔で受け取るが、こと何か起きればあれこれ言い逃れして平気で見捨てる。みなそうさ。俺が信用できないっていうなら、試してみろ。実のところ、郷の財政を牛耳っているのは郷長で、俺にはよくわからないんだ。県庁に行くよりも何も、まずは陳情書を書いて明日持ってくるがいい。そしたら俺が郷長にかけあってやる。何か方策を講じてくれるかもしれない」と言った。

村長はそれを聞いて喜び、「ごもっともです。ぜひそうさせてください」と賛同の意を示した。郷政府を出た時にはすでに午後四時を回っていた。家の方に向かう車もなかったので、一人歩いて帰るしかなかった。

家に着くとすでにあたりは暗く、母親は夕飯をすませて床に就き、妻はかまどの傍らに座って夫の帰りを待ちわびていた。村長はかまどの方には行かずにまっすぐオンドルに上がって休んだ。妻は夕食をあたため直し、運んできてくれた。彼は食事をしながら、製粉代は払ったのかと訊いた。妻は「払ったわ」と答え、しばらくして「お義母さんの膝がまた痛むそうなので明日、郷の病院で診てもらわないと」と言った。

食事を終えて、休みながら考え事をしていた村長は、オンドルから降りて、「ちょっとドルマのところに行ってくる。用があるんだ」と言った。妻は「明日じゃだめなの?」と反対したが、村長は「今晩中に行っておかないと」と言って、コートを脱ぐと、いつもの上着をはおって出かけていった。

ドルマの家に着くや二人の娘が左右からしがみついてきた。ドルマは茶を淹れて村長に出し、娘たちを叱りつけ、村長に今日の首尾をたずねた。

村長は「多少の希望はあるようだ」と言い、茶を一口すすると、「援助金を出してもらえるよう陳情書を書いてくれないか」と訊いた。

ドルマは「いいですよ。明日でいいでしょうか？」と返答した。

村長は間髪入れずに「今晩書いてくれ。明日持っていくから。それと、うちのおふくろを医者に連れていかなくてはいけないんだ。すまんが五十元都合してくれんか」と言った。

ドルマは村長に顔を寄せ、「お母さんの具合がまたお悪いんですか？」と尋ねた。村長は頷くと溜息をついた。ドルマはかける言葉もなく心を痛めた有様でその場にたたずんでいたが、しばらくすると奥の間へ行き、五十元紙幣を二枚持ってくると村長に手渡した。村長はすかさず「いやいや、一枚あれば充分だ」と言ったが、ドルマは優しく、「ご心配なく。持っていってください。必要かもしれないし」と手の中に押し込んできたので、村長はいたく感動した。

しばらくして村長は「なあドルマ、相談したいことがあるんだが……」と言いかけて言葉を濁した。

「何でしょうか？」ドルマが村長を見つめた。だが、村長はいまいち打ち明ける気になれず、金を返す時にでも言えばよいと思い直して言葉を飲み込み、「いや、この件についてはまた後にしよう。ではおいとまするよ。陳情書は急ぎで書いておくれ」と言いながら、ラモの頭をなでて立ち上がった。

その夜、家に戻って寝床に入ると咳がひどくなった。普段にない激しい咳で、夜明け近くまで治まらなかった。朝起きてみると痰の中に点々と血が混じっている。彼は妻に見られないように外から土を一掴み持ってきて上にかぶせた。

朝食後、妻はロバを引いてきて荷車につけ、荷台に分厚いウールの敷物を敷いた。家に入ってきた妻は、「あなた、咳もひどいみたいだから今日行くのはやめたら。私一人でなんとかしますから」と言った。その時、ドルマも陳情書を持ってきて同じことを言った。村長は陳情書をかばんに入れながら、冗談とも本気ともつかない口調で「まだ金の工面もできてないいんだから、行かないわけにいかんだろう」と言った。

妻は奥の間から母親を連れてきて荷車に乗せた。村長は門に錠をかけると出発した。

荷車に乗った三人が村の出口に着くと、トラクターが後ろからやってくるのが見えた。村長はロバが三人も乗せるのは辛いだろう、自分はトラクターで先に行くよと言い、トラクターをとめた。

郷の中心に着いたのは昨日よりも早かった。村長は家族が着くまでにはまだ時間があるだろうと思い、そのまま郷政府に行き、副郷長のイダムを探した。部屋では数人が電話をしていた。村長が彼らに「副郷長のイダムさんはどちらに？」と尋ねると、昨日彼にお茶を淹れてくれた若い職員が気づいて、こちらを向き、「いませんよ。今朝、県庁に会議に行きましたから」と言った。村長はがっかりしたが、「それなら張郷長はおられるかね？」と訊くと、職員は何かを思いついたかのように、「あなたの件でしたら郷長に直接話されたらどうです。ご当人もいますし。隣の建物です。今ならお一人ですよ」と答えてきた。

彼は若い職員に礼を言うと部屋を出て、隣の建物の扉を開け、中に入った。張郷長はソファーに座ってテレビを見ていた。郷長は村長のタルバを見ると「まあ入りたまえ。そこにかけなさい。肺の調子はどうだね？」と言った。

村長は中に入ると傍らの椅子に浅く腰掛け「大丈夫です」と答えたが、そのそばから咳き込んだ。張郷長がテレビから目を離そうとしないので、村長も郷長と一緒にテレビを少し見てからおもむろに陳情書を郷長の前に置き、来訪の理由を告げた。

張郷長は煙草を吸いつつ彼の話に耳をかたむけ、おもむろに陳情書を手に取った。ところが陳情書を開くや顔色が変わり、「何だ、これは。中国語で書いて持ってこい！」と突き返してきた。村長も「これは、これは。中国語で書き直してきます」と謝りながら陳情書を持ってそそくさと外に出た。

実を言うと、郷長もチベット語を知らなかったわけではない。彼の学生時代、少数民族の学生であれば入試も優遇され、学校から生活費の補助を受けることができたので、わざわざ「張ジャンツォ」というチベット名を名乗り、民族学校に入って州の民族師範学校を卒業していたからだ。

張郷長のオフィスを出た村長は、誰か中国語で陳情書を書いてくれる人はいないかと思案にくれた。と、ゴンポ先生が脳裏に浮かび、学校へと急いだ。行ってみるとゴンポ先生は授業中だったので、そこにいた中国語の教師に頼んで書いてもらった。陳情書を受け取ると教師に礼を言い、慌ててまた郷政府へと向かった。張郷長のオフィスに着いてみると、昼飯を食べようと茶碗と箸を持って外に出てきたところだった。タルバが陳情書を差し出すと張郷長は、それを一瞥して突き返し、「昼飯の時間だ。午後に来てくれ」と言った。

村長が通りに出てみると、すでに妻と母親がロバを道端の木につないで彼を待っていた。妻はすぐに彼のところに来て「どこに行ってたんです？　だいぶ前に着いて、あなたを探していたんですよ」と言った。

「おふくろを医者に診せたのかい？」と村長が聞くと、「お金もないのにどうやって診てもらうんです?」という返事。

村長は金が自分の懐にあったことに気づき、あたりを見回したが、もう病院は昼休みでみな昼飯に行ってしまったので、あとのまつりであった。彼は五十元札を妻に渡し、母親と一緒に食堂に行かせることにした。妻は村長の方を向いて、「あなたはどうするんです?」と聞いたが、彼は笑って「昼飯はいらないよ。さっき郷長に無理やり食べさせられて苦しいくらいだ。お前たち二人で行っておいで」と言い、自分は商店を一軒ずつのぞいて時間をつぶすことにした。街のはずれにある食料品店に入ると、人狼トンドゥプが酒を買っているのに出くわした。村長が見て見ぬふりして外に出ようとすると、背後から名を呼ばれた。振り返ると人狼トンドゥプが笑みを浮かべながらやってきて、握手をもとめてきた。人狼は「今日は何の用で来たのかね?」と言いつつ、村長を片隅に呼び寄せて、書記の一件をどう処理する気だと尋ねた。

村長は用心深く「あの木はすべて書記が買ったものだそうだ」と答えた。

とたんに人狼トンドゥプは吹き出して、「あの日はあんたの顔を立てて引き下がったが、本当はあいつを叩きのめしてやりたかったんだ。あんな奴のために心を砕いても何もいいことはないぞ。もう口出しするな。このことは俺が郷のお偉いさんに言いつけてきっちり片をつけてやる」と言った。

村長は慌てて「おい、それはやめてくれ。書記だって嘘はついてないはずだ。郷のお偉いさんになんぞに決して言わないでくれ」と懇願し、さらに「カトゥクの一件は俺が片付けておいた。心配ご無用だ」と付け足した。

人狼トンドゥプは「カトゥクの件については、もちろん目上のあんたの言う通りにするよ。しかしだな……」と言いかけた時、不意に店の入り口から誰かに呼ばれた。人狼は口をつぐみ、急いで出ていった。村長も続いて店を出て書記の件の念押しをしておこうと思ったが、人狼が車に乗り込む姿が見えたので、つくねんと立ち尽くすしかなかった。

三十分ほどして妻と母親が食事を終えて戻ってきた。三人はしばし病院の入り口のそばで待っていた。午後の診療が始まるという頃、村長は妻に「おふくろを連れていっておくれ。俺は俺の用があるから」と言った。

「あなたもこの機会にお医者さんに診てもらったら」と妻は勧めたが、村長は金が足りなくなるとまずいと思って、自分はいいからと断り、二人と別れ、郷政府へと向かった。

まっすぐ張郷長のオフィスに行くと、中から話し声が聞こえ、扉を開けるのもはばかられたので、外で待つことにした。しばらくすると扉が開き、中からよその村の人々がぞろぞろ外に出てきた。村長は入れ替わりに部屋に入った。張郷長は朝と同じ場所で煙草をふかしていた。テレビはついてない。郷長は村長の姿を見ると「どうした、お前の陳情書は」と声をかけてきた。村長は陳情書を取り出し、両手で郷長に差し出すと、朝と同じところに座った。

張郷長は陳情書に最初から最後まで目を通すと「この陳情書は誰が書いたのかね」と訊いた。

村長は何か問題でもあるのかと思って、慌てて「学校の先生に書いてもらいました」と答えた。

郷長は何も言わずに陳情書にもう一度目を通し、考え込んでから「お前たちの訴えはもっともだ。それに、重大な問題でもある。一般論としては郷政府もこの件には援助を与えるべきだろう。だが生憎（あいにく）、今、財政状態が悪いんだ。給料すら払えないほどだ。だからこうしたらどうだ。陳情書はここに置いていくといい。我々も話し合ってみる。後で予算が届いたら、まずお前の村のことを優先して考えることにしよう。そうするほか、今は打つ手はない」と言った。村長は「では、そのように」と答えた。今はそうする他なかった。

村長は肩をおとして郷長のオフィスを後にした。こうなっては財務局に借金するしかない。もう一度財務局に足を運んでみようかとも思ったが、一週間後と言われたのに再三再四足を運んでしつこくせがめば、相手の怒りを買うに決まっている。そんなことになったら仮に貸す金があっても意地悪して貸してくれないかもしれない。そう思うと足を向ける気にもなれず、病院の方に向かった。

病院の入り口では妻と母親が診察を終えて出てきたところだった。妻は納得のいかない顔で、「医者には診せたけど、関節に貼る湿布しか出してくれなかったのよ。あなたがいればもっとましな薬を出してくれたかもしれないのに」と愚痴った。母親は「いいんだよ、大丈夫だから。薬なんていらないよ。これだって十分痛みは治まるよ、薬なんてもらってどうするの」と慰めた。

妻はさらに、「あの人たち、お義母さんの膝の痛みは慢性化しているから、温泉につかるのが一番ですって。温泉につかればいいことくらい、百も承知よ」と言った。すると母親が「もういいから」と押しとどめたので、二人とも何も言えなくなってしまった。

妻は懐から余った金を出して村長に渡した。まだ三十元あった。考えてみたが特に使い道も思い浮かばない。妻の上着は自分のお古の上着を縫い直したものばかりだったことを思い出し、金を妻に返して、「母さんは俺が面倒を見るから、お前は自分の服でも買っておいで」と言った。

夜、オンドルの上で休みながら、村長は知らず知らずのうちに考え込んでいた。用水路の修理予算の件ではなく、人狼トンドゥプが書記の一件をどう処理するか気がかりだったのだ。もし人狼が本当にお上へ訴え出たら、書記には重い罰が科せられることだろう。書記も同じ村の人間だし、これまで村の仕事を一緒にやってきた仲間だ。彼が態度を改めるなら、今回は救いの手を差し伸べてやってもよいが、村の役人や村人たちはどう思うだろう。村長は長いこと寝つけなかった。

翌朝、上集落長のドルジェが息せき切って村長の家にやってきた。昨日、水利管理局の人間が来て、今年の水使用料はうちの村を除けばみな支払っている、至急納めないと罰金を課すぞと言ったというのだ。村長はしばし考え、これは単に罰金だけの話ではないと悟り、「それで、お前たち、書記のところには行かなかったのか?」と訊いた。

ドルジェは不愉快な様子で、「おととい、ハッキが風邪をひいたとかで書記は県庁の街にある病院まで付き添って行ったそうだ。俺は水利局の奴らに、今はみな金がないから、穀物を売ったら必ず払うと言ったんだ。毎年そうしているんだし。でも、あいつらはそれでは納得せず、今すぐ払えだとさ」と言い、村長の返答を待った。

村長はしばらく何も言わずにいたが、ドルジェの方をじっと見て「書記はもう戻ってきたかね?」と訊いた。

「昨晩戻ったそうだ」ドルジェは頷いた。

「水利局のやつらは口から出まかせ言ってるんだ。こんな時期に水使用料を集めるはずがない。要はヤギの一頭でも巻き上げられればいいと思っているだけさ。気にするな。罰金を払えというなら俺があいつらのボスに話をつけに行くから。それじゃ、ドルマを呼んできてくれ。一緒にカトゥクの家に行こうじゃないか」と村長は言った。

ドルジェが行ってしまうと、村長もまた立ち上がり、皮衣をたくしあげてきっちり着込み、いつも人を批判する時にかける黒眼鏡を戸棚から取り出してかけると外に出た。村の入り口まで来ると、ドルジェとドルマの二人も相次いでやってきた。三人はカトゥクの家を目指して出発した。

その頃、カトゥクは居ても立ってもいられぬ様子であった。特に、一昨日から村長が郷政府に何度も足を運んでいると聞いて、てっきり自分の一件に違いないと思い込み、夜もまんじりともできず、いつ公安が踏み込んでくるのかと怯えていた。そんなところに村長一行が不意に自宅に現れたので、カトゥクは扉のそばで慌てて立ち上がり、罪を認めたかのように口も開かず、うなだれていた。

村長自ら日の当たるところに置かれた腰掛に座ると、カトゥクをじっと見て、「今日われわれはあんたと話し合うためにわざわざ来たんだ。あんた、明日からこの村の用水路の見張りをしてくれないか？　誰だって自分の村は大切にしないとな。村と家庭とは切っても切り離せない関係にある。引き受けてくれるだろうね？」と訊くと、カトゥクは、ゆっくりと頭をもたげ、何が起こったのかわからないという風に声を震わせ、「わ、わかった。

なら……、なら、もし俺がそれを……」

村長は立ち上がると「あの件で、俺は何度も郷と人狼のところに行って頭を下げたんだ。そうでなかったらあんたは今頃、のうのうとここにいることもできなかったんだぞ。さあ、罰金と反省文を持ってあいつのところに行くがいい。わかったな。あいつの家に行くんだぞ」と言うと、カトゥクは喜んで「本当にありがとうございます。今後は、用水路のことはすべて私めにお任せを」と誓った。

その時、カトゥクの妻が魔法瓶を手にあわてて現れ、「みなさん、お茶をどうぞ」と勧めたが、村長は「まだ仕事があるので」と断り、二人を率いて出ていった。カトゥクが追いすがってきて「人狼の家に行くなら、何か手土産でも……」と声をかけたが、村長は聞こえないふりをして先を急いだ。

村の四つ辻に出ると、ドルジェが村長の顔を見て「どこに行くんだ?」と訊いた。ドルマも村長の顔を見つめている。

「書記のところだ。行くぞ」タルバ村長はそう言って、先頭を切って歩き出した。

書記は村長ら三人の姿を目に留めるや立ち上がり、腹に一物ありげな笑みを浮かべ「おう、上がってくれ。みなさんおそろいで何かご用かね。それとも商売の話かな」と言った。

村長はまっすぐ書記の家の戸口までやってくると、そこで初めて書記を見やって言った。

「用があるからに決まっているだろうが」

「それもそうだ。わざわざ御足労賜わったんだからな。ま、お茶を買うんでも、塩を買うんでも、用は用、一家の大事だがな」

「他でもない、直接あんたと話をしたくてね」村長はいつも通り慎重に言った。

「だったら、そんなところに突っ立っていることはない。まずは、入ってくれ。お茶を飲もう」

中に入ると書記の娘がお茶を淹れてくれ、「青海湖」印の煙草を勧めた。目の前に置かれた煙草が高級品であることを見てとったドルジェは、煙を深々と吸い込んだ。ドルマは村長の顔色をうかがい、揉み手をしている。

書記は戸棚の上に置いてあった自分の茶碗を取ってお茶を注ぐと、そばの腰掛に腰を下ろして「で、みなさん、何の用件かね。俺の脳みそでも手術しようっていうのかね」と言った。

村長は茶碗を前に置いてしばらく考えてからこう言った。「今日来たのも、あんたの一件があるからだ。先日郷政府に行ったんだが、みんながこんなことを言っていて……」村長が話を切り出そうとした時、書記は解せないという顔をして「何が問題なんだ?」と言った。

村長は書記をちらりと見やるとこう言った。「木材を売却した件だ。あんたは……」書記はようやく飲み込めたという表情で「何だ、たかがそんな話か」と言いながら、胸ポケットから書類を取り出して村長に見せた。「俺は県の林業局の伐採許可証を持ってる。これでいいだろう。この上さらに村の許可証を書いてもらう必要はないんじゃないか？」

ドルジェはあっけにとられ、村長も言葉を失った。

「万事抜かりはないってことか。それじゃ帰るしかないな」こう言って村長が出ていこうとすると、書記は村長の前に立ちはだかり、こう言った。「まだ何かいるかね？　門に貼り紙でもしておかないとだめか？」

村長は顔を真っ赤にして、何も言わずに出ていった。帰り道、一言も口をきかず、二人の前をすたすたと歩いて行く。自宅の前に着いてようやく村長は振り返り、ドルジェに「うちに酒はあるか？」と尋ねた。

ドルジェは村長の考えをすぐさま察して、笑いながら「おう、あるさ。その上、この間捌いたばかりのヤギの肉もある。行こう。今日は二人にご馳走するよ」と言ってドルマの方を見た。

ドルマも笑いながら「そうね。今日は私もお酒を飲みたい気分だわ。ドルジェさんちのお酒ならきっと美味しいわよね。次回はうちでご馳走するわ。行きましょう」と言い、村長の手をとって三人でドルジェの家に向かった。

ドルジェは二人に本格的なご馳走を出してくれた。脂ののったヤギ肉の塩ゆでを大皿いっぱいと、戸棚から出してきた豪勢な化粧箱入りの「互助」印の蒸留酒が振る舞われた。ドルマは少々引き気味だった。

「さっきのは冗談ですよ。女の酒飲みなんていただけないわ。お二人でどうぞ。私はお肉をいただきます」と言った。今や村長の怒りも少し鎮まったようで、笑いながら「それじゃドルマにうまいところを持っていかれちまうじゃないか」と言うと三人ともどっと笑った。

村長は酒瓶を手に取ると「これはいくらするんだい?」と尋ねた。ドルジェは「この辺じゃ、十二元で売ってるが、西寧じゃ九元だそうだ。それも卸売価格だがね」と明かした。するとドルマが「じゃあ、申し分のない高級酒ね。わざわざ村長のためにとっておいたの?」と言った。

村長は少し考えてから「箱代も加算されてるな」と言った。そこで酒の話は尽き、みな肉を食べるのに夢中で、しばらくおしゃべりも途切れた。ドルジェは酒を開けて龍柄の盃に半分くらい注ぐと、まずは村長に振る舞った。村長は神様にお初を捧げてから一口飲み、「口あたりがいいな」と言ってドルジェに盃を返した。

村長は長いこと禁酒していたので、十杯ほどで目のふちが赤く染まった。村長はドルジェの顔をじっと見つめて「酒を飲むのは十一年ぶりだよ」と言った。

「本当にそんなに経つかね。俺なんぞ禁酒しても一年ともたないな」ドルジェは驚いた顔をして言った。

村長はしばらくうなだれていたかと思うと、かぶりをふった。「あのクンザンという男は人の話に耳を貸そうともせんな」

「あんな書記、どこにいる。お偉いさんにごまをすってるだけじゃないか。思い返してもみろ。自分の益になりそうなら前にしゃしゃり出て、まずくなりそうだと後ろに引っ込んじまう。あんなやつ、告発した方がいいぞ」ドルジェが腹立ち紛れにこう言うと、ドルマも村長の顔を見て「本当にそうです。あの人、どんどんおかしくなってますよ。ほら、今日だって村長がわざわざ訪ねていって話をしようとしたのに、はぐらかしてばかり。顔を見るだけで吐き気がするわ。みんなでぎゃふんと言わせてやりましょうよ」と言った。

「そうだな。レドもきっと賛成してくれる。あいつ一人で村を相手にできるのか見ものだな」とドルジェが続けた。

それを聞くや村長は怒ってテーブルを叩いた。「お前たちときたらそんなことしか思いつかないのか。それで問題が解決できるとでも思っているのか。少しは頭を使え」

二人はしばしあっけにとられて村長の方を見ていた。しばらくしてようやく村長が口を開いた。「そういうやり方はいかん。何はともあれ、みんなが団結することが大事なんだ。村のために働いている人間が仲間割れしては、村人たちを引っ張っていくことはできないぞ」

お開きになるとドルマが村長を家まで送ってくれた。とはいえ、そこまでする必要もなく、村長は岐路でドルマに別れを告げた。村長はまっすぐ自宅に戻る気にもなれず、村の雑貨屋の方に向かった。店の前には大勢の村人がたむろしており、老人たちが将棋を楽しんでいた。レドもその中にいた。レドは村長を見るや近づいてきて「どうだった？　金は借りられそうかい？」と訊いた。

この一言で酔いも覚め、村長は少し考えながら「まだ何とも言えんな。数日後にもう一度様子を見に行ってくるよ」と言った。するとレドは声を低めて「じゃあ、村からだと言って羊を一頭付け届けたらうまくいくかな。うちに羊がいるから、それを村に売ってもいいぞ」と言った。

村長が「もう少し待とう。本当に必要になったら頼むよ」と応じると、レドは「贈り物をするならお偉いさんに渡すに限るよ。俺の考えだがね。まあ、あんたに任せるが」と言った。

「俺はここ数日忙しいから、あんたが仕切って水路の清掃と貯水池の補修をやってくれないか。各家から人と荷車を供出しないと罰金だと告知してくれ」村長はそう言うと、家に戻った。

門をくぐろうとすると、左側の豚小屋の糞を掻き出していた妻が駆け寄ってきた。「どこへ行ってたの？　カトゥクがあなたを探しに来て、無理やりお酒を二本置いていったのよ。あら、あなたお酒飲んだの？」

村長は怒って「前々から言ってただろう。人からものを受け取るなと。些細なものでもだめだ。行って返してこい。ほら、早く」と答えた。妻は何も言い返せず、家に戻って袋に入れた二本の酒を持ってくると、重い足どりで出ていった。

村長は妻の打ちひしがれた後姿を見て胸が痛んだ。なぜ妻に八つ当たりしてしまったんだろう。村長はしばらくその場に立ち尽くしていた。と、そこへ一条の風が吹き、ようやく目が覚めたかのように、村長は家の中に戻っていった。

三日が過ぎた。

四日目に村長は再び郷の役所に出向いた。今回はそのまま財務局に向かう。事務所には前と同じようにあの若者と老人の二人だけで、他には誰もいなかった。二人はおしゃべりの種も尽きたようで、若者は煙草、老人は新聞とその場は静まり返っていた。

若者は村長をちらりと見やったが何も言わなかった。しばらくして老人が新聞を置き、村長を見やると「何の用かい」と言った。

村長は急いで「融資のお願いに来たんです」と答えて笑みを浮かべた。

「この間も来たよな。どこの村かね」

「何度か来ています。リラ村の者です」

「リラ村といえば信用組合から融資を受けて、まだ返済できていない村では」若者は急に思い出したかのように言った。

村長はその通りですと言った。

「前の借金も返済せずにまた借りに来るやつがどこにいる」若者はかぶりを振って村長の方に向き直り「おたくらの村の村長と書記は何してる。もっと能力のある人物に替えた方がいい。さもないといつまで経っても発展は望めないな」と言った。

「村長は私です。タルバといいます」村長は平静な口調で言った。

若者は気まずそうな様子ひとつ見せず、少し考えると再び口を開いて「前の借金も返済できないのに、さらに借金を重ねてどうやって返済するつもりだ」と言った。

村長はたちどころにきっぱりと「今回はかならず返済いたします」と言った。若者はかぶりを振りながら「口先では何とでも言えるさ。もし返済できなかったら誰に催促すればいいんだ」と言った。

村長は「それは私が責任を負います」と答えた。

そこで老人が割って入った。「それじゃ、担保用の資産はどれくらいあるんだ」

「我が家の建物などを担保にしましょう」村長はためらうことなく言った。若者は村長を見て「それじゃあ申請書を書いてきてくれ。それと郷長の承認のサインをもらってきてくれ」と言った。そこへ郷政府の役人がやってきて、若者に「張郷長から急いで来るようにとの伝言です」と伝えた。若者はすぐさま出ていった。

若者の姿が見えなくなると、老人が郷政府の役人に「何の用だったのかね」と尋ねた。役人は無頓着に「さあ、知らんね。たぶん畑地を借りる話じゃないか」と答えた。

老人が笑みを浮かべて「おや、あんたはお仲間じゃないのか」と訊くと、役人はかぶりを振って「俺はやってない。畑地を借りて作物を植えても所詮、俺らじゃ骨折り損さ。あの人たちなら五千元の取り分が得られるが、俺たちじゃ、二千元がせいぜいのところだからな」と言った。

二人の会話に耳をかたむけている暇はなく、村長は急いでその場から立ち去って学校へ行き、ゴンポ先生をつかまえて申請書を書いてほしいと頼んだ。ゴンポ先生がこの前と同じ中国語の教師に頼んでくれ、それを持って張郷長からサインをもらうと、再び財務局に足を運んだ。若者はおらず、老人が申請書を受け取り、ちらりと見ると「いくら借りたいんだ」と訊いた。

村長が「融資していただけるならいくらでも」と答えると、老人は冷ややかな笑みを浮かべて「金額をはっきり書かないと駄目だ。これは金の問題だからな。記入して出直してこい」と言った。

村長はまた書き直してもらい、金額を五千元と記入してから再び張郷長の事務所に足を運んだ。

「またか。今度は何の用だ」郷長は村長を見るなり言った。村長が、先ほどは融資額が未記載だったので、今回改めて承認のサインをして欲しいと申し出ると、張郷長はたちまち不機嫌になった。

「融資額も書かずにどうやって借りるつもりだったんだ。お前たちは何をやらせても要領の悪いやつらだな。そんな仕事っぷりじゃあ何一つできやしないぞ。全くうんざりさせてくれるよ」と言いながら、内容を確認もせずに承認のサインをすると、「そうだ、最近おたくの村の書記の姿を見かけないようだが、一体どういうことだね。まさか自分が書記だということも忘れたんじゃなかろうね。うちに訴えにきた者もいたぞ。村に戻ったら首でも洗って待っていろと伝えておいてくれ。何日かしたらあんたらの村に出向いて事実関係を調査するつもりだ。いいな」と言った。

タルバはもう一度申請書を持って財務局に行き、若者に手渡してから、融資額を多く書きすぎたかと思って心配になった。ところが若者の表情はさきほどとは打って変わり、申請書に目を通すどころか、融資額には触れもせず「今期の融資は終了したので、次期を待ってくれ。申請書はここに置いていっていいぞ」と言い放つではないか。村長はあっけにとられて「こんなに早く終わってしまったんですか」と訊いた。

「昨日で終了だ。あんた、来るのが遅すぎたな」若者は冷ややかな笑みを浮かべて言った。

村長はがっかりして「それではどのくらい待てば融資していただけるのでしょうか」と訊いた。若者は煩わしそうな顔をして「県が決定することだから、うちではわからない。半月ほどしたら来てみてくれ」と言うので、村長は言葉を失った。

張郷長は何日かしたらと言ってはいたが、翌日にはもう役人を何人も引き連れてリラ村に現れた。一行の中には人狼トンドゥプも加わっていた。彼らはまず村長の家に行き、村長を伴って書記の家に向かった。折も折、書記は村の若者たちを呼び集めてサイコロ賭博の真っ最中だったため、そのことがさらに張郷長の逆鱗に触れた。

「お前たち、何をしているんだ」と郷長が怖い顔で言った。書記は顔を真っ赤にして胸ポケットから「青海湖」印の煙草を取り出して郷長に差し出しながら「今は特にやることもないもんで……」と弁解した。

郷長はその煙草を受け取りもせず「本当にやることがないのか？」と詰問した。書記はうなだれるしかなかった。郷長は続けてこう糾弾し始めた。「やることがないとは何だ。リラ村を貧困から救い出す手立てを講じるのが、あんたの仕事だろう。あんたは書記だ。村の用水路も壊れ、貯水池も崩れている。それもこれもみなあんたの仕事だろう。なのに率先してサイコロ賭博に興じているとは、これでよく共産党員が務まるもんだ。あんたみたいな幹部がなんの役に立つ。この件については各村に周知する。明日、罰金千元持って郷政府に出頭するように。そこで処分を決定する」書記はうなだれて立ち尽くしたまま、家へどうぞと誘うこともできずにいた。郷長はさらに「それだけじゃない。あんたは率先して木材の密売をしているな。国家の法律など眼中にもないとでもいうのか。大胆不敵な奴だ。密売した木材は車一台分か。この件で五千元の罰金に処する。半月で払うように」書記は身じろぎもできずにいた。

そこで村長は前に進み出て、書記が木材を売却したのは県の許可を受けてのことで、密売などではないと恭しく郷長に説明した。書記も懐から書類を取り出して郷長に渡した。

郷長はその書類を目にした途端激昂し、「ここに郷長のサインがないのはどういうわけだ。今のあんたは郷政府すら眼中にないってわけか。郷の承認がなければ省の書類であっても許さん」と言い放った。人狼トンドゥプは嘲笑を浮かべてみなの顔を見ている。

事態が良からぬ方向に進もうとしているのを見て取った村長は、脇にいた上集落長のドルジェを呼び寄せて、「レドの家によさそうな羊がいるから、そいつを捌いて御一行をもてなすことにしよう」と耳打ちして送り出した。さらにあれこれ采配をふるい、書記の娘に手を貸して家に敷物を敷かせ、郷長一行を家に招き入れてお茶を振る舞った。書記に「いい酒を何本か振る舞えよ」と耳打ちすると、書記はすぐさま酒を出してきた。ほどなくして羊も到着したので、村長は経験のある若者たちに命じてすぐ捌かせた。憤慨のあまり席を蹴って帰りそうだった郷長たちも少しは寛いできた。前に並べられた酒も高価なものばかりだったので、一行はまずそれを飲み始めた。そのうちにゆで上がった肉が振る舞われた。こうして書記の家で数時間の時が流れていった。しまいにはみな、肉で腹いっぱいになり、酒に酔い、気分もよくなった。頃合いを見計らって村長が郷長に酒を注ぎながら、今回、書記が木材を売却した責任の一端は自分にもあるのだと切り出した。

郷長はわけがわからず「それはどうしてかね」と訊いた。

村長は自分の非を認めるかのように「この件はそもそも私が書記に頼んだものでしてね。村の用水路の補修用の金がどうしても入用だったんですが、以前、用水路を作った時の借金も返済を催促されているような有様で、村にはまったく金がない。万策尽きてわざわざ書記に頼んで木材を売ってもらったのです。本当はこの件をもっと早く郷長に報告すべきだったのですが……」と自らを批判してみせた。

張郷長は驚いた様子で「ではその金は受け取ったのか」と聞いた。

村長は頷いた。「木材を売却した金はすぐに村の帳簿につけました。そうでもなければ今日、皆様を歓待するすべもありませんでしたから」村が木材を売却したという話に書記はあっけにとられ、村長を見つめていたが、村長の目配せでようやく眠りから覚めたように「間違いありません。しかし私は……」と口を開いたものの、何と続けてよいやらわからなくなってしまった。

「村が売却したからと言って許されることではない。しかしあんたらの村は本当に困窮しているから、今回は特別に見逃してやろう。今後はこういうことは絶対にしてはならん」

郷長は重々しい表情を浮かべて二人に告げた。

「承知しました。今後、このようなことは一切いたしません」村長と書記は口をそろえて言った。

郷長は書記のお酌を受けると、盃を手に、先ほどいろいろ言ったが半分は勘違いだった、今後は村長と協力してリラ村を貧困から救い出してほしいと書記に重ねて言い、村長の肩を叩きながら「あんたがはっきりさせてくれてよかった。こうしよう、先ほどの発言はなかったことにしてくれ。こっちも裏表のない性格なもんで、つい言いすぎてしまった。恨みに思わないでくれ」と言った。

それに応じるように書記がせっせと酒を注いだため、郷長も酔っ払ってしまい、これ以上飲んだら酔いつぶれてしまうということで帰路につくことになった。村長と書記はふらつく郷長を両脇から支えて車に乗せた。書記はさらに酒を一本差し出して「みなさんの道中のお供にお持ちください」と無理やり車に押し込んだ。郷長は手を合わせて（今どきの権力者はこのように礼儀正しい振る舞いを見せるのだ）「それではまた」と別れを告げた。

郷長一行を送り出したあと、書記は子供二人にレドとドルマを呼びに行かせた。書記はその場にいた全員を家に招き入れ、「さあ、入った、入った。今日はみなでぱあっとやろう」と言った。

家に入る時、書記は改めて「融資の件はどうなったんだ？」と尋ねた。村長はたちまち顔を曇らせ、かぶりを振ると「昨日行ったら今期の融資は終了したとかで、次期を待たなければならないそうだ。こんなに早く終了するなんて信じられん」と言った。

書記は含み笑いをすると「口からでまかせさ。聞いた話だと郷政府の人間が何人かで牧畜地区から土地を借りて耕作しているらしい。融資は全額彼らに流れたという話だ。その中には幹部クラスも何人か含まれているって話だ」と言った。とたんに昨日の郷政府の役人と財務局の老人の会話が脳裏によみがえり、村長は思わず「腐れ役人めが」と罵った。ほどなくしてレドとドルマがやってきたので、みな、先ほどの客人たちの席について、余った肉を食べながらおしゃべりに興じた。レドとドルジェと書記の三人は酒も飲んでいた。その時、レドが盃を村長に差し出して「この前、一杯やってたそうじゃないか。今日もちょっとは飲んでくれよ」と言った。すると書記も村長の顔をみて、「ほう、そうなのか？」と言った。

村長は笑いながら「そりゃ書記のせいさ。今日は話が違うからな」と手を横にふった。ドルマは村長の言葉の意味を察して「ふふっ」と笑った。ドルジェもそれに続いて笑った。レドは何のことやらわからず、村長と書記の顔を交互にうかがっている。

すると書記が咳払いをして「今日、ここに村民委員会のメンバーが全員そろったことになる。最近、われわれは用水路の補修の件で少々揉めたが、実のところ互いに誤解していた面もあった。今日ようやく悟ったよ。だから……いや、もうあれこれ言うまい。俺は村長をはじめとするみなさんに陳謝の意を表すため、三千元を用水路の補修のために提供することにした。さらに、これまで俺の職務をあらゆる面から手助けしてくれたタルバ村長には心から感謝したい」と言った。みなが暖かい拍手を送った。

書記の家を出る頃には、日はとっぷりと暮れていた。みなそれぞれの家に帰っていった。

村長とドルマは連れ立って帰路についた。途中、ドルマがくすりと笑って「村長の作戦勝ちでしたね」と言った。村長はすぐさま彼女の言葉を遮ると「そんなことは言っちゃいかん。とても褒められるようなことじゃなかった。お上に嘘をつき、民を欺くという、一番まずいやり方だよ。まったく自分が嫌になるよ」と言った。

嘘も方便とはまさにその通りである。真に世のため人のためになるなら、外見上はどうあれ、善といえるのではないか。

村長はそれ以上口を開こうとしなかった。村長の家の前に着くと、ドルマは澄んだ声で「さあ、お宅に着きましたよ。私はこれからパンを焼かなきゃいけないので、ここで失礼しますね」と言って去っていった。村長はひとつ思い出したことがあって、小さな声でドルマを呼び止めた。彼女が振り返ると、村長は考え直して「何でもない。何でもないんだ。行ってくれ」と言った。

ドルマが暗闇の中に姿を消すと、ごほごほと咳が止まらなくなった。最後に吐いた痰に血が混じっていないか確認しようとしたが、暗くて何も見えない。しばらくその場に立ち尽くしていたが、のろのろと自宅への道へ足を踏み出した。その時、近くの村から映画上映会のさんざめきが風に乗って聞こえてきた。それはまるで遥か彼方からの呼び声のようだった。

解説　差違と普遍性　――現代チベット文学が切り拓くもの

沼野充義

1　神秘と観光の間で

大部分の日本人にとって、チベットはいまだに遠くの知られざる――つまり、あまり現実味のない――地域のままである。チベットについてどのようなイメージが一般に流通しているかと言えば、おそらくチベット仏教に関連したものか、そうでなければ、普通の観光旅行では飽き足らない人々を惹きつける、秘境といったものだろう。

閉ざされた神秘の国であったチベットに、日本人として初めて入ったのは黄檗（おうばく）宗の僧侶、河口慧海（えかい）（一八六六～一九四五）であったと言われる。彼が艱難辛苦の末、命がけでラサに入ったのは一九〇一年のことだったが、その目的はサンスクリット語とチベット語訳の仏典を入手することだった。その信じがたい冒険の顛末は、彼自身が書いた『西蔵旅行記』に詳しい。他方、現代日本でチベットという言葉を思想的に「流行らせた」のは、中沢新一だった。チベットの仏教、特に「ゾクチェン」と呼ばれる教えに深い関心を寄せていた中沢は、いわゆる「ニューアカ」ブームを巻き起こした最初の著書『チベットのモーツァルト』において、チベット仏教が伝統的に磨き上げてきたマンダラ図像について独創的な解釈を施し、チベットの古い宗教を現代思想の最先端と切り結ばせるという、アクロバットな思想の業を披露している。

チベットが神秘の国であり続けてきたのは、なにも日本人にとってだけではない。私の個人的な興味に引きつけて言えば、ロシア出身の画家であり、探検家であり、思想家であったニコライ・レーリッヒ（一八七四～一九四七）にとっても、チベットは何よりもまず、シャンバラと呼ばれる伝説的な理想郷を秘めた国であった。いまどきそのような宗教的伝説を真に受ける人は少ないだろうが、チベットの「神秘」はいまや世俗化された形で、観光客を呼び寄せる魅力となっている。外国旅行をする日本人にとっていまや「バイブル」となったガイドブック『地球の歩き方』のシリーズには、きちんと『チベット』という巻が収められているのだ。つまり、深遠で難解な思想と、世俗的で楽しい観光という両極がチベットにはつきまとうのだが、これはどちらもチベットの日常からは相当離れたものであって、言わばその真ん中が空白のままである。「真ん中」というのは、要するにチベットという地域と人々の現実、そこで人々が何を考え、どのように生きているかということだ。時事的な話題の次元では、いわゆる「チベット問題」がマスメディアで大々的に取り上げられることはあり、それはそれでもちろん重大な問題ではあるが、人々の暮らしは言わば政治の陰になって、その実態が浮かび上がってくることはめったにない。

本書は現代のチベット人作家が、チベット語で書いた小説集であり、その空白を埋める貴重な一冊である。もちろん小説は、文学作品であって、現実をそのまま映したものではないが、どんな論文や報道よりも雄弁に、「生の手触り」を伝えることができる。そして肝心なことは、本書に収められた作品はそれ自体が文学として自立した価値を持っているということだ。

2 とても若いチベット文学

現代チベット文学を読むことの特別な喜びは、いま生成途上にあるとても若い文学を読んでいることから来るのではないかと思う。私たちは文学というと、「日本文学」でも「ロシア文学」でもいいのだが、普通、既に出来上がって枠もきちんと備わった国民文学を思い描く。だから、現代チベットの作家たちが与えてくれる、「新しい文学の誕生」に立ち会っているという感覚は、とても新鮮な、希有のものだと言っていいだろう。

そもそもチベット語で書かれた現代チベット文学の歴史は、まだ三〇年余りでしかないという。そのパイオニアと誰もが認めるトンドゥプジャ（一九五三〜八五）は、本書の著者、タクブンジャの実質的な「師」の世代にあたり、彼が一九八三年に発表した「青春の滝」という、そのタイトルからして若々しい詩は、じつは現代チベット語で書かれた最初の自由詩だったという。現代文学に革命をもたらしながら、わずか三二歳で自ら命を絶ったこの文学者のことを考えると、私は同様に三〇代半ばの若さで自殺に追い込まれたソ連の革命詩人、マヤコフスキー（一八九三〜一九三〇）のことを思わずにはいられない。万葉集の時代から数えて少なくとも一三〇〇年の文学の歴史を持つ日本からすると、チベット文字の若さ自体が驚くべき力のように見える。

しかし、新しい文学の誕生には、大部分の日本人が想像できないような困難もともなっていた。第一に、何語で書くか、という言語の問題がある。現代の中国ではどの民族にとっても、全国的公用語である中国語を使ったほうが、職業上のよりよい機会を得るためにも、高度な学術・文芸活動のためにも、はるかに有利である。実際、中国語で作品を書き、発表し、全国的に有名になっていったチベット人作家の鮮やかな例として、ザシダワ（扎西達娃、一九五九〜）、アーライ（阿来、一九五九〜）などが国際的にもよく知られている（なおザシダワの場合、父はチベット人だが、母は漢人）。彼らはチベットの土俗的な世界を描きながら、魔術的リアリズムにも似た手法を駆使して読者を魅了し、チベットの枠を越えて世界文学の中に躍りでたのだった（中国語で書かれた作品のほうが、当然、日本語や欧米のメジャーな言語に訳されるチャンスも大きくなる）。それに対してチベット語による文学的表現は、じつは中世以来の古い伝統を持っていたが、インド文学の古典的修辞学の圧倒的な支配下にあり、現代文学の創出には不向きだったという。

中国語とチベット語が並行して使われ、それぞれが異なった役割を担っている状況は、単なるバイリンガリズムというよりは、ダイグロシア（diglossia,「二言語使い分け」）という社会言語学的な概念を当てはめたほうがいいものだろう。現代の日本ではこれはなかなか想像しにくいが、世界的に見れば珍しいことではない。旧ソ連の中央アジア諸国も、ロシア語（優勢な共通語）と現地語のダイグロシア状況にいまだにあり、作家たちは、ロシア語で書くか、母語である現地語で書くかの選択を迫られることになる。ロシア語・キルギス語のバイリンガル作家だったチンギス・アイトマートフ（一九二八〜二〇〇八）は、その端的な例と言えよう。チベット人がこのような状況の中で、あえてチベット語で書くという選択をすることは、単に言語の問題には留まらない。それは一方では社会的に優勢な中国語に対抗しながら、他方では古いチベット文学の伝統を革新して（伝統に反逆するにせよ、それを継承するにせよ）、現代チベットが直面する現実を表現するのに相応しい新しい文学の言語を、そして民族文化を創出することである。その反面、チベット語で書くと、読者を事実上チベット人に限定することにもなりかねない。作家はいったい誰のために書くのか、という根源的な問題が、これほど直截的に作家に突きつけられるケースはないだろう。

3　タクブンジャと〈ユーラシア文学〉

大雑把な状況論はさておき、肝心のタクブンジャの作品はどうだろうか。私自身この作家についてもちろん何も知らないまま翻訳を校正刷りで読ませていただいたのだが、その新鮮さと文学的企みの巧みさに驚き、もっと広く知られるべき作家だとの確信を深めた。

新鮮さの多くは、もちろん、大部分の日本人には未知の、チベット人の生活や風物を題材として取り上げているところから来る。作家自身を含む現代のチベット人の多くの生活が都会化しつつある中で、作品に描かれるのは伝統的な遊牧民の生活であることが多い（犬がたびたび登場するのも、犬が生活の一部になっている遊牧民ならではのことだろう）。これはおそらく、伝統と近代化の狭間で生きる現代チベット人にとっての、一種の「先取りされたノスタルジア」と呼ぶべきものかもしれない。それは、愛惜を込めてまだ完全には失われていないものを描き出すという、文学でなければできない作業である。

その一方で、社会的諷刺の切っ先が予想以上に鋭いことも印象的だった。愛玩犬が立身出世のために権力者にへつらい、上司の靴までぺろぺろ舐め（「ハバ犬を育てる話」）、権力関係に縛られた官僚機構の中で人々は皆「道具」に化し（「道具日記」）、私利私欲に走って公僕であることを忘れた役人や党官僚に、病身の誠実な村長が振り回され（「村長」）、といった具合である。こういった諷刺の狙いは比較的単純で分かりやすいが、物語の中には複雑な政治・宗教・社会問題も控えめにとはいえきちんと織り込まれている。「村長」では、チベット語で書かれた申請書を中国人の役人が受理しないという「言語問題」も登場するし、「犬と主人、さらに親戚たち」は、民俗的伝承を思わせる雰囲気を漂わせながら、文化大革命に先だって行われた「犬殺し運動」という理不尽な政治的キャンペーンに翻弄された人々が描かれている（この運動がどの程度史実に基づいているのかは、よく分からないが）。「貨物列車」は線路脇で遊ぶ二人の幼い子供たちの姿を印象的に描き、それだけでも佳品といえるが、そこにチベット対中央の格差構造に対する社会批判が何気なく、しっかりと盛り込まれているのだから、愛すべき小品では片付けられない重みがある。

小説の文体は、優れた訳者たちのおかげで、おそらく原文の精神を反映して爽やかにシンプルなものだ。これは古い修辞的伝統を脱した現代的なものだが、その一方でフォークロア的な説話構造も活用され、民衆的叡智のエッセンスとも言うべきことわざなども時にちりばめられ、チベットの香りのする爽やかな現代性を見事に獲得している。しかも、手法的にはむしろ現代小説の先端を行くような試みも見られる。作家の妻の立場からの「罵り」を女性の一人称で語らせた短編などは、まるで太宰治の「女語り」さながらである。職業的作家として書くことについての、こういうメタ文学的視点がすでに打ち出されていることに驚かされる。そして、訳者の海老原氏も詳述しているように、「一日のまぼろし」は牧童の平凡な一日を描くかに見せて、その一生を光から闇へと綴っていく。時間の流れを語りの中で巧みに操作した高度なテクニックを要する書き方だが、それが決して奇を衒った感じにならず、チベットの自然の中で滑らかに展開し、小品の中に悠久の時間を閉じ込めることに成功した。

このような現代チベット文学を読んで、二つの相反することを改めて痛感した。一つは、これはなんと違う世界だろうか、という未知のものに対する驚き、つまりセンス・オブ・ワンダーである。もう一つは、それでも私たちはこんなにも同じなのだ、こんなにも理解しあえる、という確かな手応えだ。差違に対する違和感と普遍性に対する懐かしさと言い換えてもいい。現代チベット文学が提起する問題は、実際、現代の日本からは確かに遠いものが多いだろう。あるアメリカの研究書は、それをこんな風に列挙している――「急速な、しかし不均衡な社会経済的発展、マイノリティの言説、教育、ダイグロシア、文化的アイデンティティ、ナショナリズム、ディアスポラ、宗教の復興、政治的状況の変動」(Lauran Hardley, Patricia Schiafini, eds., *Modern Tibetan Literature and Social Change*, Duke University Press,

2008)。しかし、文学はもちろん社会問題を考えるための資料ではない。欧米で論じられているポストモダンやポストコロニアリズムの文脈の中に安易にあてはめるべきではないけれども、現代チベット文学は手法からいっても、ヴィジョンからいっても、特定の地域を超えて、現代の世界文学の――それが少々大げさであるならば、〈ユーラシア文学〉の――地平に連なる可能性を秘めたものだ。タクブンジャや、その同世代のペマ・ツェテン（一九六九～）といった作家たちは、チベット文学の枠の中に押し込められるのではなく、ゴーゴリ、フォークナー、ガルシア＝マルケス、莫言といった作家たちに照らし出されるべきだろう。先ほど書いたように、チベット語のような「マイナー言語」で書かれた文学はチベット人以外の読者を想定しにくい。しかし、本書の訳者たちのような優れた専門家のおかげで、それがチベット語の外の世界へと開かれていく。それはまた、チベット文学を新しい未来につなげていくことになるだろう。

（東京大学教授　ロシア東欧文学・比較文学）

草原が生んだ小説家、タクブンジャ　――訳者解説

本書は、チベットで現在、最も人気の高い作家の一人、タクブンジャ（一九六六〜）の短篇・中篇あわせて九篇を収めた翻訳小説集である。いずれの作品も原作はチベット語で書かれたものである。

チベット語で書かれた現代文学が日本語に翻訳されるのは、本書が四冊目となる。チベット現代文学の創始者とも称されるトンドゥプジャ（一九五三〜一九八五）、映画監督でもあり作家でもあるペマ・ツェテン（一九六九〜）、気鋭の若手作家ラシャムジャ（一九七七〜）、そして今回ご紹介するタクブンジャ、いずれもわれわれチベット文学研究会の手によるものである。邦訳の少なさ、そしてチベット現代文学自体の歴史の短さもあり、日本でのチベット文学の認知度はまだまだ高いとはいえない。伝統的なチベット文学は仏教への指向性が高く、フィクションや人々の心の移ろいなどを扱う小説とはなじまず、本格的

な小説が書かれ始めてから、まだ三十年ほどしかたっていないのだ。

チベットのような比較的マイナーな地域の文学を翻訳する場合、紹介する側としてはまず、どの作家・作品から紹介していくべきなのか大いに頭を悩まされる。小説として楽しんでもらうためには、読者自身が作品に対して何らかの共感を持てるほうがよいであろう。作品に描かれる環境や問題意識があまりに読者と隔たっていると登場人物に感情移入しにくいと思われるからである。しかし、それと同時に、チベット文学を読もうとする読者の多くは、そこに「チベット的な風景や文化」が描かれていることも期待するのではないだろうか。チベット文学を読んでいるのだからチベット的な生活の雰囲気も味わいたいと思うのは当然かもしれない。解説を書いている筆者自身も、チベット人の目を通して語られる独特の世界観やチベットの生活の描写、欧米の外国文学や日本文学にはなかった表現のスタイルをどこかで求めているような気がする。同時代的な共感と地域的な独自性、なぜ今タクブンジャなのか、といえば、まさに彼こそがこの二つの要素をみたす作家の一人だからなのである。

チベット東北部（アムド地方）の牧畜民の家庭に生まれたタクブンジャの作品には、牧蓄村や農村を舞台にしたものが多く、家の間取りや生活用品から牧畜に関する仕事、宗教的な儀式に至るまで日常的な暮らしの中で目にする物や出来事などが詳細に描写されている。また、「小説は複雑な社会を映す鏡である」と作家本人が語るように、一つのコミュニティーにおける込み入った現実をユーモアとアイロニーに満ちた筆致で表現している。そこには、逃れられない現実、人間関係のしがらみといった人類共通のテーマが描かれ、われわれはつい物語に引き込まれてしまうのである。

タクブンジャの生い立ち

タクブンジャが生まれたのは、チベットを含む中国全土を席巻した文化大革命が幕をあけた一九六六年だった。彼は青海省海南チベット族自治州貴南県のスムド郷ワンシュル村において、九人兄弟の三番目として生まれた。ちなみに、チベット人の名前には通常、苗字（姓）がない。タクブンジャの場合も苗字はなくこれが一つの名前である。

牧畜民の家庭に生まれたタクブンジャは、七、八歳の頃から牧童として羊やヤクなどの放牧を手伝っていた。当時、草原には小学校などはなく、教科書もなかなか手に入らなかった。草原のテントの中で時々、僧侶がチベット語の読み書きを教えてくれるのが唯一の教育の機会であった。その機会も一年の中で夏と冬あわせて十五日か二十日あまり。さらに、このテント学校まで通う道のりが遠かったため、学校を休むこともしばしばだった。その頃のタクブンジャは、家に配達されてくる新聞の隅に載っていた『ケサル王物語』（チベットの英雄叙事詩〕や、父が土産に買ってきてくれた『死体物語』〔チベットの民間文学〕を読み感銘を受けたという。

タクブンジャは利発で成績のよい子供だったようで、スムド郷の小学校の校長先生が直々にタクブンジャの実家にやってきて、お宅の息子さんは郷の学校に通わせるべきだと父親を説得し、タクブンジャは町の小学校に通うことになる。牧地で育ったタクブンジャが町に出て、テントではない「家」というものを初めて目にしたのもこの頃のことであった。

そして十三歳の時に中学校に入り、十五歳で海南チベット族自治州の中心都市、チャブチャにある海南民族師範学校〔日本の高校に相当する〕に入学した。同級生らによれば、学生時代からタクブンジャのチベット語の読み書き能力はとても高かったそうで、そのためか当時の彼のあだなは「ゲシェ〔仏教学博士〕」であった。そして一九八四年には、冒頭でも名前を出したトンドゥプジャが教師として師範学校に赴任してくる。当時、アムド地方のチベット口語を取り入れて語られる斬新な詩や恋愛小説を初めて目にし熱狂した学生たちは、トンドゥプジャに傾倒し、彼の代表作である『口語作品集　曙光』〔一九八二〕や自由詩「青春の滝」〔一九八三〕などが学生たちの「教科書」となった。タクブンジャはトゥンドゥプジャに直接教わってはいなかったが、他のクラスで行われていたトンドゥプジャの歴史の授業をタクブンジャも聴講しにいったそうである。同級生の中にはトンドゥプジャの自宅を訪れて創作について教えを乞う者などもいたが、タクブンジャは気がひけて結局トンドゥプジャとは言葉を交わせずじまいだった。翌年には、当時まだ三十二歳だったトンドゥプジャが自宅で自らの命を絶ち、その悲報で学内は騒然となった。ちょうどその時、貴南県の故郷に帰っていたタクブンジャは、学校に戻ってからその事実を知り、心にぽっかりと穴があいたようになり、つい最近まで学内で見かけていた憧れの作家の死がしばらくは信じられなかったという。

当時、タクブンジャは詩の創作などを行っていたそうだが、トンドゥプジャの小説を読むようになってから、「これなら自分にも書けるかもしれない」と思い、次第に小説を書くようになった。在学中は、『ダンチャル』や『民間文芸』、『月光』などのチベット語文芸誌を夢中で読むかたわら、古典文学や中国文学にも造詣を深め、さらに文学の世界にのめりこんでいき、師範学校卒業前の一九八五年、同級生であったジャバと共著で書いた「蓮花」という小説を文学雑誌『月光』に発表した。その頃からタクブンジャは現代文学の道を歩み始めていた。この当時のタクブンジャのクラス担任はソナム・ガンデンという先生であったが、この先生がチベット語教育に大変熱心であったようで、担任していたクラスのチベット語の水準がすこぶる高く、タクブンジャの同級生の中からは多くの文学者が生まれている。アニョン・タシ・トンドゥプ（青海民族出版社『ダンチャル』編集局副編集長、作家）、ドゥクラジャ（青海ラジオ局、詩人）の他、もともと一年下の学年であったが、飛び級で同じクラスになったジャバ（中央民族大学副教授、作家）、モクル・トンドゥプ・ツェラン（青海師範大学副教授、詩人、書家）、龍仁青（青海テレビ局、翻訳家、作家、評論家）などがおり、学生時代に彼らから創作について大きな刺激を受けたという。一年下のクラスには、タクブンジャの小説集を漢語に翻訳したペマ・ツェテン（映画監督、作家）も在籍していたが、当時は面識がなかったそうだ。

そして一九八六年に海南民族師範学校を卒業し、同級生ら四人とともに青海ラジオ局への就職を希望するも、タクブンジャの願いはかなわず、故郷、貴南県の牧畜地域にできた小学校にチベット語の教師として勤めることになった。一九八八年から二年間は、教員を休職し、中国語の勉強と文学の基礎知識を高めるため、甘粛省の省都蘭州にある、西北民族学院（現西北民族大学）に聴講生として通った。西北民族学院では、先に入学していた民族師範学校時代の同級生、アニョン・タシ・トンドゥプ、モクル・トンドゥプ・ツェランらと再会し、新しい文学について語り合う機会を得た。それが、学院滞在時やその後の実験的な小説の創作につながった。その後、貴南県の牧蓄村や農村の学校を転々とし、二〇〇四年からは現在にいたるまで、貴南県の県庁所在地にある民族中学校でチベット語の教員を務めている。

主要作品とその作風

タクブンジャは多作な作家である。これまでに『静かなる草原』（青海民族出版社、一九九九）、『衰』（青海民族出版社、二〇一二）という二本の長篇小説の他、七十篇以上の短篇・中篇小説を発表している。単行本としては、長篇小説の二冊以外に、「二十一世紀チベット族作家シリーズ」の一冊としてタクブンジャ著作集『三代の夢』（青海民族出版社、二〇〇九）が出版された。さらに現在、短篇小説集と中篇小説集をそれぞれ出版準備中である。これらの単行本以外にも、文芸誌に多数の小説を発表している。その中でも特に、一九九〇年頃から「犬」をテーマとした一連の小説が、国内外で高い評価を受けている。このシリーズについては以降に「犬シリーズ」として言及する。

タクブンジャ自身はチベット語による創作活動しか行っていないが、その作品は漢語、フランス語、ドイツ語にも翻訳されている。漢語に翻訳された作品は数多く、ペマ・ツェテンの手による漢語訳がまとめられた『人生歌謡』（青海民族出版社）が二〇一二年に出版された。また、「一日のまぼろし」はフランソワーズ・ロバンによりフランス語に翻訳され、「ハバ犬を育てる話」は、フランツ＝クザーファ・エアハルトによってドイツ語に翻訳されている。

作品の文体的特徴としては、まず、平易なチベット語で書かれているという点をあげることができる。この点は、トンドゥプジャの作品と比較するとより明確である。修辞の多用を好むトンドゥプジャの書いた小説と比べると、タクブンジャ作品には、伝統的な比喩表現などもみられず、簡素化された文体が用いられていることが指摘できる。チベットの『ケサル王物語』や『死体物語』などの民間文学にもみられるような同一の単語の繰り返しも多く、美しさよりも読みやすさを重視した文章であることがわかる。タクブンジャ作品の特徴について青海民族大学のナムセーは、「タクブンジャは優れた芸術的感覚を持つ作家であり、特に現代小説の芸術的スタイルと、民間文学のような伝統的文学という両方の要素を持ちあわせている。そのため、民族的な特徴を打ち出しつつも革新的な性質も兼ね備えた、チベットの民衆に受け入れられる新しい小説と文体を切り開いた」と評している。引用中での「芸術的スタイル」とは、小説の実験的な構成のことを指していると思われる。次に、この実験的な構成の他、作品におけるチベットの社会や生活の描写、さらに前述の「犬シリーズ」について詳しく述べていきたい。

チベット文学に新風を吹き込んだ実験小説

タクブンジャの小説はおおまかに三つの時期に分けることができる。（一）トンドゥプジャに憧れて、美しくそしてわかりやすい文章を書くことに主眼をおいていた創作当初、（二）一九八八年からの、内容や文体よりも方法論に重きを置いた時期、そして、（三）一九九八年頃から現在までの、現代のチベット、そしてそれを取り巻く中国社会を描くリアリズムの傾向が強まった時期、の三つである。第二期は、一九八八年に蘭州の西北民族学院に行ったことに端を発している。西北民族学院で聴講生として過ごした二年間に、タクブンジャは中国経由でもたらされた新しい文学理論に触れ方法論を重視するようになり、小説に実験的な構成を試みるようになった。一九八九年から一九九〇年の間に書かれた「一日のまぼろし」、「番犬」、そして「三代の夢」にはその影響が強くみられ、時間軸を交錯させたり、円環の構造を用いるなど、チベット文学としてはかなり斬新な試みが用いられた。

タクブンジャの代表作でもある「一日のまぼろし」（一九九〇）は、この実験的な試みの最も顕著な例である。本作品は、「まもなく夜が明ける」で始まり、「そして、全てが闇につつまれたのである」という表現で終わる。主人公はヤンブムという少年だ。彼が朝起きて朝食を食べ、羊を放牧し、山の上から糞を拾う女たちの姿を眺め、牧童らと遊び、そして夕暮れ時になって羊を連れて家に帰るという、一見するとヤンブムの一日の出来事を描いている作品のようにみえる。しかし実は、一日の時間が刻々と過ぎ、放牧している羊の鳴き声がするにつれてヤンブムは年を重ねていき、少年が次第に青年となり、結婚し、子供をもうけ、息子に嫁をとり、妻に先立たれ、最後には年老いて孫に放牧をまかせようかと考える老人となっている。つまり、ヤンブムという人間の一生が、一日の時間の流れに織り込まれるという構成をとっている。この作品は、その構成的な面白さとともに、この新しい枠組みを用いることで、大きな変化もなく繰り返される牧畜民の生活や、輪廻転生を旨とするチベット人の死生観を想起させることにも成功している。チベット語小説でもこのような斬新な小説が書けるということを証明することにもなった同小説は、タクブンジャ作品の画期をなしただけなく、チベット文学界にも大きなインパクトを与えた。

次に「犬シリーズ」の一つである、「番犬」（一九九〇）を紹介する。この作品は、テントを守ることを生きがいとする犬が、主人の身を守るためによかれと思ってした行為によって命を落とすという大変切ない物語である。小説の技巧的な面から言うと、視点や時間軸を交錯させながら物語が進められていることが特徴的である。作品はテントを守る番犬の視点で描かれている。番犬の視点で述べられた部分では、犬が「死ぬ前の日までの回想」と「死ぬ日の出来事」が交互に描かれることにより、じわじわと「最期の時」に近づいていく緊張感を読者に与えている。最初の一文の後に続く「二日間の旅のあいだずっと荷駄を見張ってきた俺は」の段落は、「番犬が死ぬ日の朝」の出来事である。その後の「悲しみを最初に味わったのも」の段落からは、去年の夏の回想が続く。そして「もうお昼になってしまった」の段落からは番犬が死ぬ日の出来事の続きが書かれ、「昨日あいつと一緒に来たのは」の段落からまた去年の出来事の回想場面に入っている。そして最後、「主人はふたたび」の段落からは死ぬ直前の話である。一読しただけでは時間軸のつながりがわかりにくいが、何度か読むとパズルのように各シーンがつながってくる。また、最初の文「朝日が差すと、『四つ目』の犬が向こうの沼沢にむかってよろよろと歩きはじめた」と、最後の文「太陽が西の山に沈むとき、遠く水辺にぽつんと見えるは犬の屍のみ」は犬を客観的に見下ろす視点で描かれており、本文を囲む円環の構造をとっている。この外からの視点を導入することにより、犬の孤独な姿がより際立っている。

この「番犬」は短篇であるが、中篇の中にもこれと似た構造をとる作品がある。「犬と主人、さらに親戚たち」(二〇〇二)である。この作品においても「現在の時」と「過去の時」という二つの時間が交互に現れるという構成をとりながらストーリーが進められている。文化大革命の前から牧地で進められていた「犬殺し運動」を背景に起こった「赤い雌犬事件」の真相が徐々に明らかにされながら、「現在」起こっている村の問題との関係性が解き明かされていく。複雑な伏線により、一読しただけではその構成が見えにくい作品であるが、構成的な面白さ、そして史実をテーマにしている点など、タクブンジャの小説の特徴が盛り込まれた読みごたえのある一作となっている。また、こちらの作品にも円環構造が見られる。作品が、冒頭と末尾に置かれた釈尊の言葉で囲まれており、小説の内容ともあいまって深みをもたらしている。この小説のテーマ的な側面については次節の中で紹介する。

また、本書に収録はしていないが、「三代の夢」（一九八九）という作品も時間軸の交錯が見られ、同じ家系の三世代の登場人物の時が交互に述べられていく構成をとっている。前述の「一日のまぼろし」、「番犬」といった作品に、魔術的リアリズムの影響を見てとる評論家もいるが（龍仁青など）、タクブンジャ自身が「〇〇主義」といった特定の一つの手法を意識して創作しているわけではないということは付記しておかねばならない。

社会をリアルに描く

タクブンジャの小説が三つの時期に分けられることは先に述べた通りであるが、第三期の「社会を描くリアリズム」のスタイルは、一九九八年頃から意識し始めたようだ。きっかけは、「どの表現手法も時代とともにすたれていくものだが、リアリズムは最も息の長い手法だ」という当時の『ダンチャル』編集者の言葉だった。この言葉を受けてまず執筆したのが「苦悩の葉は酒で濡れたのではない」（一九九八）や「村長」（一九九九）といった作品である。

二〇一二年、北京の中央民族大学において「タクブンジャ小説研究・討論会」が開催された。多くの文学研究者、文芸評論家が集い、タクブンジャ作品について語り討論しあうというこの会で作家本人も講演を行った。その講演の中でタクブンジャは、小説を書く上で最も重要なこととして「生活の中の複雑さ」をあげている。また、同様の発言をインタビューなどでも度々しており、「生活の中での出来事を注意深く観察し、それを平易な言葉で書いたものが小説である」、「複雑で抜け出すことのできない社会生活を描き出すことが小説のすばらしさである」と述べている。『静かなる草原』や「村長」では、チベットの村々で近年、人々が直面している現実的な問題について扱っている。「苦悩の葉は酒で濡れたのではない」は、学業半ばにして親の決めた相手と結婚し、避妊手術の結果、若くしてこの世を去ってしまう、旧習に翻弄された女性の姿を描いたものである。「ハバ犬を育てる話」（二〇〇六）や「道具日記」（一九九五）は、擬人化や比喩などを駆使して一見おとぎ話のようにみせながらも、職場における複雑な人間関係をテーマにしている。また、文化大革命時代やその前夜に起きた史実を題材とし、それに直面した人々の混乱、人間関係の変化を描いた「犬と主人、さらに親戚たち」、「ナクツォキ」（二〇〇一）などの作品もある。

長篇小説の『静かなる草原』は、第二回ダンチャル文学賞〔チベット文学の最高峰の賞〕を受賞した「魂」（一九九三）という作品に大幅な加筆・訂正を加えたものである。この長篇では、チベット高原の牧畜民社会におけるモダニティーと伝統の間の葛藤や複雑な現実が描かれている。舞台は七、八〇年代の牧地で、主人公はガンデン・ドルジェという青年である。彼は村の中で虐げられ、よその土地に移ることを余儀なくされ、土地を元手に少しずつ利益を増やした彼はやがて資本を持つようになる。一九七八年以降、中国共産党は改革開放路線を進めていくこととなり、牧地にも大きな変化が訪れた。そして彼は村に戻り、民衆のために事業をしようと誓い、自分の資金を投じて商店や学校などを建て、村長を外国の畜産業の視察に派遣した。その頃、ガンデン・ドルジェは幼なじみで小学校教師のドルマ・カルモと恋仲にあった。二人の恋愛は村の権力者たちよって阻まれたが、若い二人は彼らに立ち向かっていく、というストーリーである。社会の変化とともに変わりゆく牧地の伝統的な生活様式、そして保守的な周囲の圧力を突き破ろうとする若者たちの姿を五百ページを超える長篇小説の中で描いている。

本書にも収録した「ハバ犬を育てる話」は、主人公とその家に住みついたハバ犬とのやり取りを描いた作品である。ハバ犬とは、小型の愛玩犬のことを指す。漢語の「哈巴狗（ハバゴウ）」が語源であるが、アムド地方のチベット語にも借用されて使われている。犬種で言えば、マルチーズ、シーズー、パグ、チンなどがおよそこれにあたる。このハバ犬が人間と話をしたり、主人の靴を磨いたり、人並みに主人の仕事を手伝ったりするあたりはコミカルでおとぎ話のようでもあるが、ハバ犬は徐々に主人公を踏み台として巧みに利用して、より上位の者にアプローチし、社会的にのし上がっていく。ついには公衆の面前で主人公を批判する発言をし、主人公の秘書に求婚までしてしまう。職場における人間関係を、犬という存在を用いて皮肉たっぷりに表現している。この作品はペマ・ツェテンによって漢語に訳され、その漢語訳作品が二〇〇九年の青海湖文学賞（中国移動杯）に選ばれている。

「道具日記」という作品も、職場での力関係をユーモアをまじえながらもシニカルに描いた短篇である。様々な「道具」の比喩とともに、「道具」と「権力」の包摂関係、そして、自他ともに認めるよき「道具」である小学校教師リクデンと彼を取り巻く人々——〈金づち〉校長、〈ふくろ〉郷長、恋人である女教師〈かささぎ〉、〈錐〉村長——の人間関係が描かれる。そして「教師というのは永遠に『道具（ラクチャ）』にすぎず、道具よりも『権力（ワンチャ）』のほうがずっとよい」ことに気付いたリクデンは、ただの「道具」から、次第に、たくさんの「道具」を行使する「権力」へと変貌をとげていく。しかし、その「権力」もまた「道具」としてより大きな「権力」へと包摂されていく。

「犬と主人、さらに親戚たち」では、文化大革命前夜から青海省の牧地で実際に起こっていた「犬殺し運動」がテーマになっている。大躍進時代〔文化大革命前の一九五八〜一九六〇年に行われた農業・工業の大増産政策時代〕に実施された、ハエ、蚊、ネズミ、スズメの駆除運動は「除四害運動」として有名である。しかし、この犬殺しは青海省だけではなく中国各地で実際に行われた運動であったにも関わらず、現在ではほとんど資料が残っておらず、公の場で語られることもない、ほぼ忘れられた歴史となっている。タクブンジャは当時のことを記憶している村の老人たちから聞いた話をもとに、この小説を執筆した。「狂犬病を防ぐため」という理由によって、飼い犬、野良犬を問わず、犬を全て殺すというこの無謀な運動に関わった人々の間の葛藤、そして、時が流れてもまだぬぐいされないしこりが「犬殺し運動」、そして「赤い雌犬事件」を中心に描かれている。そして、この作品は二〇〇六年の第五回ダンチャル文学賞受賞作品でもある。

また「村長」は、チベットの村の現状を美化せずありのままに描いた作品としてチベットの作家や文学評論家からの評価が高く、タクブンジャの最高傑作としても名が挙がる。この作品は、財政的に困窮した村人と書記との関係や、村と郷政府との権力の駆け引きの中で問題を真摯になって解決しようとする村長の姿を描いている。村長のタルバは村の用水路について頭を悩ませていた。信用組合から五千元を借りて作った用水路を、返済も終わっていないというのに修繕しなくてはならない。しかし彼の村は貧しく、そんな修理費を工面するようなあてなどなかった。村のために奔走するタルバを後目に、書記は村人の生活には目もくれず私利私欲に走っている。拝金主義にそまった権力者と対比され、自らの体を病みながらも村の安全のために奔走する村長の姿が献身的で美しいものとして描かれている。この作品は、タクブンジャが以前に教員として暮らしていたシャムド郷で、商品作物である菜種栽培のために、化学肥料購入の借金に苦しんでいた村人たちの姿を目の当たりにした経験をもとに書いたのだという。

前述の作品の多くは、政治腐敗や無謀な政策、拝金主義といった現代の中国社会に対する批判ととれなくもないのだが、作家本人としては批判をしているという意識ははなからなく、問題含みな現実をありのまま描いているだけなのだという。

風刺性の高い作品として「貨物列車」(一九八八)を挙げることができる。本作は、西北民族学院滞在時に書かれた作品である。タクブンジャの故郷には列車は通っておらず馴染みのないものであったのだが、同級生に海西チベット族自治州出身者がおり、その友人から聞いた列車の話をもとにして小説を書いたという。この話は、表面的には子供たちが列車の「見立て遊び」をしている情景が描かれている。自分たちの家の方向からやってくる列車をそれぞれのものと見立て、西北の方からきた列車が貨物を満載して通れば、そちらに家のある子供が歓喜し、東南の方からきた列車が何も載せずにがらがらでやってくれば、そちらの家の子供ががっかりして泣く。たわいもない遊びのようであるが、中国の漢族居住地区から来た空(から)の列車が、西北部つまりチベット人居住地域へとやってきて鉱山資源などを満載にして持ち去っていくという、中国がチベットを搾取している現状の比喩とも読める作品である。

生活の精緻な描写

さらに、タクブンジャはチベット人の生活の精緻な描写も巧みである。村での生活の様子がそれらを知らない人でもわかるように、時に説明的とも思える細かさで描かれている。その例をいくつか小説中から引用しよう。

「一日のまぼろし」の冒頭部分で、ヤクの糞の呼び名に関する記述がある。

外に出した糞は草原に持っていき、草の上で平らにして貼りつけておくと乾きが早い。糞は乾くと呼び名がチワからオンワに変わることをもちろんヤンブムは知っていた。

チベットでは乾いた糞を燃料として利用するため、牧畜生活にとって糞はとても重要な資源である。チベット語では、湿っているか乾いているかで糞の呼び名が異なる（それぞれ「チワ」と「オンワ」）ことが背景にある。

また同じ作品の中で、主人公が皮なめしをする場面がある。次の引用では皮なめしの作業を描写しつつ、なめし方や皮の用途が説明されている。

そこで彼はふところから子羊の皮を取り出し、手で揉みしだきながら子供たちが碁を打つのを眺めていた。ヤンブムは握力が強いので、子羊の皮をなめすのも手で揉むだけで十分だった。一頭分の子羊の皮をなめし終わると、別の皮を持ってきてなめした。子羊の皮は盛装用の着物を作るのに使う。軽くて暖かいので年寄りなら普段着にもうってつけだ。

また、仏教的な儀式や習慣に関する描写も多くみられる。長篇小説『静かなる草原』にも村の生活の様子が丁寧に描写されている。次の引用は、香木などを焚いて供物として捧げる過程を写実的に描いたものである。

彼は近くからヤク糞の乾燥したのを拾ってきた。木切れの山も持ってきて、香木をくべる台の上に灰を広げその上に木切れを置いた。さらに糞をならべ風上のほうに火をつけると炎がめらめらと燃え広がった。そして、彼は懐から、祈祷旗を取り出して、木の柱の先にくくりつけた。そうこうしているうちに乾燥した糞にも火が移っていたので、ツァンパや穀物、香木、飴、果物がいっしょくたになったものを袋から出して火にくべた。そして、彼は乳茶の入った魔法瓶の蓋をあけて、まずその半分ほどをお供えとしてジャーッと香木などの上にかけた。そして茶の残りを上にかけながら台のまわりにもそそいで、神仏への捧げものとした。

作家自身によると、チベットの伝統的な村の生活をこのように詳細に描写することにより、チベットの生活の中で使われる文化語彙や、生活の知恵、伝統的な風習などを小説という形で記録し、チベットの子供たちに伝えていきたいという意図があるのだという。

犬シリーズ

今やタクブンジャの代名詞ともいえる「犬シリーズ」としては、「番犬」(一九九〇)を皮切りに、次の七作品が発表されている。

「おじいさんと彼の育てた犬たち」（二〇一二）
「ジャバという人、ジャバという犬」（二〇〇八）
「ハバ犬を育てる話」（二〇〇六）
「犬と主人、さらに親戚たち」（二〇〇二）
「赤毛の小犬とその不思議な旅」（一九九九）
「犬」（一九九六）
「番犬」（一九九〇）

様々な犬を扱いながら、人間社会の一面や人間側の心理などを描き出している。犬を題材とする理由についてタクブンジャ自身は、「犬というのは特に牧畜生活をする上で必要不可欠の存在である。そのため犬は、人間に近い位置にあって人の気持ちを解し、時に霊感のようなものを発揮することさえある。それに、私も小さい時から犬を飼ってきたので犬が好きだし、親しんできた。そのような理由により、人間に最も親しい動物である犬の目から人間の世界を描いてみようと思った」と述べている。
「犬シリーズ」では、主人に尽くす忠犬、姿をみせない謎の犬、また擬人化された犬など
「番犬」、「ハバ犬を育てる話」、「犬と主人、さらに親戚たち」についてはすでに内容を紹

介したので、ここでは「犬」について触れたい。

「番犬」では、立場の弱い者からわいろを受け取る権力者たちの姿が、犬にとって許しがたいものとして批判的に描かれており、飼い主に尽くそうとする犬の純粋すぎる忠誠心に対し、人間たちの欲にまみれたやり取りの卑しさが際立っていた。「番犬」に出てきた「忠犬」とは違い、この「犬」という小説では「悪魔的な犬」が登場する。この話では、村人チャベとその「悪魔的な犬」との戦いが描かれている。家の食糧を盗むずるがしこい犬に手を焼いていたチャベは、あらゆる手段を講じてその犬をとらえようとしていた。ところが、犬には特別な察知能力がそなわっているのか、まったく罠にかからない。苦労の末、チャベはとうとうその犬をなきものにし、近所の牧草地に死体を捨てたものの、犬は死んでからもチャベを悪夢のように苦しめ続けた。その描写はチャベの脅迫観念が作り出した妄想と現実がないまぜになったかのような印象を与える。村人全員が殺された犬の話題を口にし、子供は走って噂を広め、隣家の未亡人までもが彼を疑いの目で見る。まるで祟られてでもいるかのような展開である。それらはおそらく、猜疑心にかられたチャベの目を通して見た情景であるのだろう。しかし、そこまでチャベを追い詰めたものとは一体なんだったのだろうか。一般に、犬は人間の従順な友とみなされている。しかしその一方で、時犬は鋭い臭覚を含め、人間が知覚できないものを感じとる鋭敏な感覚を持つことから、に畏怖の対象ともなる。チャベが見たものは犬の持つ、このはかり知れない不気味な側面であったのかもしれない。

「罵り」とその後

本書でひときわ異彩を放つ作品がある。「罵り」（一九九三）という作品がそれである。この短篇小説は全体が、妻が夫を罵る発言で成り立っている。夫が酒を飲むこと、暇さえあれば小説ばかり書いて家の仕事をしないこと、生徒の宿題を家に持ち帰ってくること、教員の仕事以外に副業しないこと、ばか正直で出世のために上役にへつらうこともできないことなど、夫のやることなすこと全て気にいらない妻がその胸のうちを夫にぶつけている。一読してわかるように、この夫はタクブンジャ自身がモデルである。妻のほうは、タクブンジャの一人目の妻がモデルとなっている。この前妻は牧畜地域出身の女性で、小説を書くということには理解がなかったため、タクブンジャとはまったく反りが合わなかった。結婚した年には長男も生まれたが、家庭内では常に口論が絶えず、妻のいやがらせに耐え切れなくなったタクブンジャの酒量はますます増えたという。不幸な結婚生活の一幕を切り取った私小説のような作品は二人が結婚した一九九三年に書かれたもので、翌年に二人は離婚した。ちなみに、この妻がタクブンジャがこつこつと書き溜めていた小説の原稿を、離婚の際に家財道具ごと持っていってしまったという逸話がある（この時以外にもタクブンジャは窓辺に置いておいていた原稿をゾモと呼ばれる牛とヤクの混合種の雌に食われてしまったという経験をしている）。

妻からの罵りをも小説に昇華させたタクブンジャは、その後、教師として赴任した農村で二人目の妻となる女性と出会い結婚した。現在では、妻とその間に生まれた二人の息子とともに貴南県の県庁所在地で暮らし、アムド地方を代表する小説家として、チベット語教師として多忙な日々のかたわら、今も意欲的に創作活動を続けている。

終わりに

訳者らがタクブンジャを初めて知ったのは、二〇一〇年の年末のことであった。ちょうどその頃、チベット文学研究会では、一冊目の翻訳書としてトンドゥプジャの小説集を上梓すべく翻訳の最終段階にさしかかっていた。日本の大学が冬休みに入り、本解説の筆者は青海省への調査に向かう前に北京の中央民族大学を訪れていた。その時の目的は知り合いの研究者らを訪ねて日本から持ってきた資料を手渡すことであったのだが、中央民族大学のチベット学科に現代文学を専門としている教員がいると聞き、研究室を訪れた。それがジャバ氏であった。日本でチベット現代文学の翻訳と紹介を行っていること、トンドゥプジャの小説集を出版しようとしていることなどを話し、現在、海外で紹介するに最も値するチベット人の作家は誰なのか、と質問した。ジャバ氏は即座にこう答えた。「それだったらタクブンジャだ」と。そして、タクブンジャの犬シリーズが有名だからぜひそれらの作品を訳したらいいと勧めてくれた。さらに、「青海省に行くならタクブンジャに会いに行ってみなさい。彼は貴南県に住んでいるから、直接行ってみるといい。行くなら連絡してあげよう」とまで言ってくれ、そしてこう続けた。「でもタクブンジャに会っても彼は何も話すことはないんじゃないか。すごく口下手だから」。その時には、ジャバ氏が民族師範学校時代のタクブンジャの同級生で親友でもあることなどは知らなかったのだが、後にその事実とともに、ジャバ氏がタクブンジャを大絶賛しているのを知ることになった。ジャバ氏はタクブンジャの漢語訳小説集のあとがきで次のような文章を寄せている。

タクブンジャとは誰か？　世の中の人は彼をどう評価しているのか？

その答えは以下のようである——無邪気な学生の目からみれば、タクブンジャは真面目で物静かな一介のチベット語教師であり、毎日教室で几帳面かつ厳格な様子で教科書の内容を教えている。一般の人の目からみればタクブンジャは、大酒飲みのヘビースモーカーであり、会う度に酒場で必ず酔っぱらい、素面でもぼうっとしている。

そして、指の間には常に煙草。女性の目からみれば、タクブンジャに嫁いだのに彼はすでに小説と結婚しているも同然。我々文学者の目からみれば、タクブンジャはチベット語母語文学のリーダー的存在で、チベット現代文学の旗振り役。いつか、もし、チベット語母語小説が茅盾文学賞や魯迅文学賞を受賞することがあるなら、該当者はタクブンジャをおいて他にいるとは考えがたい。

その後、ジャバ氏の勧めに従い、貴南県のタクブンジャのもとを筆者が訪れて翻訳許可をいただいた。二〇一一年一月のことである。実際に会ったタクブンジャは、彼を知る人々が口をそろえて言うように、酒飲みでヘビースモーカーで口数の少ない人ではあったが、小説を日本語に翻訳したいという筆者をあたたかく歓迎して自宅にも泊めてくれ、今まで書いてきた小説の内容やおすすめの作品、自分がいかにして小説を書くようになったのかについて話してくれた。

日本に帰国後、研究会で話しあい、「犬シリーズ」の中でも最も短い「犬」と「番犬」から翻訳を始めた。タクブンジャの文章は、トンドゥプジャのような美文ではないが、文章は平易で理解しやすく、その凝った構成や意表をつく内容に惹きつけられていった。チベット文学研究会の翻訳会は毎週一回、スカイプ（Skype）というパソコンでアクセスできる、インターネット電話サービスを使って開催している。当初は直接会って翻訳会をしていたのだが、メンバーが海外に滞在することも多いため、どこにいても参加可能なスタイルに落ち着き、訳者四人が担当を決め、翻訳を事前に共有しておき、スカイプ上で訳を読み上げ、検討、議論を行っている。今回の作品については、大川が担当した「貨物列車」、海老原が担当した「罵り」以外の作品は全て四人で分担して翻訳を行った。本書収録作品の原作の多くはタクブンジャ作品集『三代の夢』に収録されているが、「貨物列車」、「罵り」、「道具日記」の三作はそれぞれ文芸誌には掲載されたが、単行本にはまだ収められていない。

最後になったが、本書の刊行にあたって協力してくださった皆様にお礼の言葉を述べたい。まずは、自身の作品が日本語に翻訳されることを大変喜んで出版を快諾してくださり、作品についての質問に忍耐強く答えてくれた著者タクブンジャに感謝の意を示したい。また、タクブンジャを訳者らに紹介してくださったジャバ氏にもあわせてお礼を述べたい。

本書収録作品のうち、「罵り」、「道具日記」、「村長」以外の作品は全て雑誌『火鍋子』（翠書房、七八〜八一号（二〇一一〜一四））に掲載されたものを改稿して再録したものである。同雑誌編集者、谷川毅氏にはこれまで年二回、翻訳を発表する場を与えていただいただけでなく、単行本化も快く了承してくださった。惜しまれつつも『火鍋子』は二〇一四年に刊行された号が最終号となった。長い間我々を温かく見守ってくださった谷川氏に心よりお礼申し上げたい。

また、現代の世界文学をつぶさに見つめてこられた沼野充義先生に解説文をお寄せいただいたことは、訳者らにとって望外の喜びである。心からの感謝を捧げたい。

なお、本書は東京外国語大学出版会が企画した「物語の島アジア」シリーズの第三巻として刊行されたものである。本書の出版は同出版会の皆様のご支援とご協力がなければ実現しなかった。編集の石川偉子氏は幾度も原稿を念入りに読んでくださり、細部にわたる助言をくださった。大内宏信氏は度々打ち合わせの場をもうけてくださり、訳者らの意向をくみながら編集を進めてくださった。また、出版を勧めてくださった岩崎務氏をはじめとする同出版会の編集委員の先生方にも深い感謝を記したい。

訳者を代表して　　海老原　志穂

著者紹介

タクブンジャ（སྟག་འབུམ་རྒྱལ། 徳本加 De Ben Jia）

一九六六年、中国青海省黄南チベット族自治州貴南県の牧畜民の家庭に生まれる。海南民族師範学校を卒業後、小学校教諭を務めるかたわら西北民族学院（現西北民族大学）で文学について学び、現在も郷里でチベット語の教員を務めながら執筆活動を行っている。主な著作に『静かなる草原』（青海民族出版社、一九九九）、『哀』（青海民族出版社、二〇一二）の他、「二十一世紀チベット族作家シリーズ」として小説集『三代の夢』（青海民族出版社、二〇〇九）がある。

訳者紹介

海老原志穂（えびはら　しほ）

東京外国語大学アジア・アフリカ言語文化研究所研究機関研究員。専門はチベット語の方言研究。著書に『アムド・チベット語の発音と会話』『アムド・チベット語読本』『アムド・チベット語語彙集』（いずれも東京外国語大学アジア・アフリカ言語文化研究所、二〇一〇）などがある。

大川謙作（おおかわ　けんさく）

日本大学文理学部准教授。専門は社会人類学、チベット現代史。著作に「欺瞞と外部性　チベット現代作家トンドゥプジャの精読から」『中国における社会主義的近代化』（勉誠出版、二〇一〇）、「チベット仏教と現代中国」『現代中国の宗教』（昭和堂、二〇一三）などがある。

星　泉（ほし　いずみ）

東京外国語大学アジア・アフリカ言語文化研究所教授。専門はチベット語の文法研究。著書に『現代チベット語動詞辞典（ラサ方言）』（東京外国語大学アジア・アフリカ言語文化研究所、二〇〇三）、訳書にラシャムジャ『雪を待つ』（勉誠出版、二〇一五）などがある。

三浦順子（みうら　じゅんこ）

チベットに関する多数の翻訳に長年携わる。訳書にダライ・ラマ十四世『ダライ・ラマ　宗教を超えて』（サンガ、二〇一二）、『ダライ・ラマ　宗教を語る』（春秋社、二〇一一）、W・D・シャカッパ『チベット政治史』（亜細亜大学アジア研究所、一九九二）などがある。

訳者の四名はチベット文学研究会を結成し、二〇〇四年頃から翻訳活動を開始。二〇〇八年より雑誌『火鍋子』（翠書房、二〇一四年終刊）にチベット現代文学の翻訳を発表。また、翻訳書にトンドゥプジャ『ここにも激しく躍動する生きた心臓がある』（勉誠出版、二〇一二）、ペマ・ツェテン『ティメー・クンデンを探して』（勉誠出版、二〇一三）がある。

ハバ犬を育てる話

二〇一五年三月三一日　初版第一刷発行

著者……タクブンジャ

訳者……海老原志穂　大川謙作　星泉　三浦順子

発行者……立石博高

発行所……東京外国語大学出版会

東京都府中市朝日町三－一一－一　郵便番号一八三－八五三四

電話番号　〇四二－三三〇－五五五九

FAX番号　〇四二－三三〇－五一九九

e-mail　tufspub@tufs.ac.jp

装丁者……桂川潤

印刷・製本……シナノ印刷株式会社

ISBN978－4－904575－45－1

好評既刊 〈物語の島 アジア〉

●シリーズ第一弾〈タイ〉

パンダ

プラープター・ユン 著　宇戸清治 訳

「パンダ」というあだ名をもつ青年はある日、地球に生まれ落ちたのは間違いだったと悟る。そこから始まる故郷探しの旅。タイのポストモダン文学の旗手が放つ、真摯にして滑稽、ペーソスと現代文明批評に溢れた傑作長篇！【解説・四方田犬彦】

四六変型版　並製　327頁　定価・本体2200円＋税　ISBN 978-4-904575-12-3 C0097

●シリーズ第二弾〈カンボジア〉

追憶のカンボジア

チュット・カイ 著　岡田知子 訳

人はなぜ子どもの頃を振り返り、その風景を眺めたくなるのか。フランス植民地時代からクメール・ルージュの時代、カンボジア激動の歴史を生き抜き、難民としてフランスへ渡った作家が、きらめく幼少時代の思い出を描く傑作三篇。

四六変型版　並製　261頁　定価・本体2400円＋税　ISBN 978-4-904575-37-6 C0097